El enjambre y las sombras
Andrés Pablo Vaccari

No te dejaré nunca

Para Sofía

Sandra trabajaba en el cubículo a seis espacios del mío, donde antes había un tipo que se llamaba Carlos. El recambio de empleados es un evento de rutina en el universo cíclico y estanco de la oficina, y las caras que vienen y van son sombras que se escurren en el trasfondo de mi vida. Pero con Sandra fue diferente; algo intenso y esquivo la hizo sobresalir desde ese primer día. Era una chica de unos treinta años, menuda, regordeta, y de piel anémica. No me acuerdo de qué color eran sus ojos, pero eran oscuros. A pesar de que mi descripción no parezca prometedora, Sandra era una mujer muy bella a su modo. Las pocas veces que hablábamos, nuestra conversación era cordial y genérica. Pero me gustaba mirarla en secreto. Me deleitaba su cabello negro profundo que florecía con vida propia, como una planta alienígena. Su rodete estricto no podía contener a la criatura y siempre se le escapaban unos rulos que nos escudriñaban ciegamente como los tentáculos de la Medusa.

¿Por qué comenzar con Sandra? No sé, me salió así de impulso. No soy escritor, y el consejo que dan todos los libros sobre cómo escribir es que siempre hay que seguir escribiendo.

Algo lejanamente sensual murmullaba en la conjunción de su mandíbula y cuello. Debo aclarar que estos momentos de erotismo abstracto la involucraban a Sandra solo accidentalmente; a veces el contorno de un edificio contra un cielo despejado o el rugido de un camión en una avenida me suscitan el mismo cosquilleo sexual, distante y teórico. Lo mío era algo idealizado; la fantaseaba en un rol análogo al mío: un sobreviviente en el post-apocalipsis post-capitalista luchando por mantener la cordura en las catacumbas de la burocracia corporativa. Con su modo austero de vestir, Sandra interpretaba un personaje, ideado como bastión ante el mundo. No hay mejor lugar para esconderse, lo sé muy bien, que ante los ojos de todos. Como yo, Sandra vivía oculta y no encajaba; la delataban esos ojos que cambiaban de color con los caprichos de la luz, guareciendo para sí mismos un corazón de pura oscuridad. Su presencia frágil evocaba en mí un sentido de ausencia, a veces era como si ella no estuviera ahí. Durante los años que convivimos en la oficina, de a ratos me venía el temor súbito de que se hubiese desvanecido, y se volvió un hábito girar en mi silla para cerciorarme de que ella seguía en su cubículo.

Es verdad que podría haber arrancado con Alberto, pero supongo que no lo hice porque Alberto para ese entonces ya era una presencia familiar en mi vida. Sería muy trabajoso reconstruir los orígenes y desarrollo de nuestra relación; más que nada, los orígenes allá cuando cursábamos en la Universidad, dado que luego no hubo mucho desarrollo. Podría decirse que nuestra relación arribó tempranamente a una meseta en la cual veníamos deambulando muy cómodos desde entonces.

Tendría que anotar estos detalles menores en un cuaderno aparte, eso he leído en los manuales para escritores. Me cuesta creer que estoy hablando de ellos en el pasado. Más que documentar lo acontecido, escribir es una manera de mantenerlos cerca, vivos en mi imaginación. No dudo que están en algún mundo mejor que este.

Con Alberto nos juntábamos cada jueves o viernes de por medio para jugar al ajedrez o ir al cine; a veces sumábamos a la rutina un café en el centro durante el día si nuestros horarios lo permitían. Tres partidos por vez, bastante parejos, aunque él me llevaba una cierta ventaja. Siempre anotaba la fecha y ganador de los partidos, no sé para qué.

"Lo nuestro es un campeonato eterno", me decía. "El día que uno de nosotros se muera, porque, por si no te habías enterado, te advierto que todos nos vamos a morir algún día, ese día se decidirá el vencedor".

Teníamos algunos amigos en común con quienes nos juntábamos de vez en cuando, pero la verdad es que nunca supe mucho sobre Alberto, no sé si porque no había mucho que saber sobre él, o porque ocultaba bien lo que había por saber. De todos modos, para entender la relación entre Alberto y yo, hay que entenderme a mí primero. Todos somos comunes y ordinarios, pero algunos somos más comunes y ordinarios que otros. Vivo solo en un departamentito que me compró mi madre, que en paz descanse. Hace diez años que no tengo relaciones amorosas con una mujer, ni profundas ni superficiales. Tengo algo de sobrepeso; es decir, estoy gordo, quizá muy gordo. Miro pornografía en Internet todas las noches y al caminar trato de no pisar las líneas entre las baldosas. En mi recelo por parecer normal, he borrado todo lo que pueda definirme como individuo. Después de tantos años de refugiarme en mí, tratando de preservar de la sociedad lo que creía yo que me hacía único, ya no hay nada propio que salvaguardar. Bueno, hay cosas desperdigadas por ahí, pero no sé si sirven. Me gusta salir a caminar por los mercados y ferias de Buenos Aires; voy a San Telmo, Chacarita, el Mercado de Pulgas. Nunca compro nada. Me gustan las estatuas de mármol, especialmente las de caballos. Me gusta encontrar negocios escondidos, pequeños reductos donde se venden cosas arcanas como trenes de colección, cascos y medallas de la segunda guerra mundial, historietas, cerámicas, botones, muebles viejos, y cosas por el estilo. Son lugares cada vez más escasos y hay que hurgar siempre más lejos para encontrarlos. Me gusta pasear por las librerías de Corrientes y de Rivadavia. Busco ejemplares viejos de obras oscuras y extintas. Ojeo los libros y los devuelvo meticulosamente a su lugar. Me causa mucho placer rozar las capas de polvo sobre las portadas y estanterías, y hacer un estruendo al estornudar. Observo detenidamente las caras en la calle, en el colectivo, en el subte. Esto me ha metido en problemas unas cuantas veces, pero no puedo evitarlo. Me gusta presenciar las demoliciones de edificios viejos, luego pasar unos meses más tarde para ver alzarse torres espantosamente anónimas. Es una felicidad melancólica, indistinguible de la tristeza. Ahora estoy sonando como Alberto…

Por estos y otros motivos, la compañía de Alberto me resultaba grata. De algún modo su conversación abstracta aliviaba la pesadez de la rutina y de lo ordinario. Habíamos agotado el tema de nuestras vidas íntimas al poco tiempo de conocernos y de cualquier manera no había mucho que contar por mi lado. Lo que me contaba de su vida eran detalles: lo que comía, las cuentas, algún arreglo que había que hacer en la casa, ciertas correlaciones estadísticas curiosas que veía en su trabajo, como la correlación entre número de calzado y propensión al divorcio. Sabía que Alberto trabajaba de contador en una compañía de seguros. Su tío era el jefe. Nunca me habló de ninguna mujer; que yo sepa, desde que lo conocí, ya más de veinte años atrás, que permanecía soltero. De política y deporte, nada. No le gustaba el fútbol, pero había aprendido en la infancia a simular que lo entendía y le gustaba; gritaba el gol o emitía la exclamación adecuada al unísono con los otros compañeros. Ojeaba el diario de su viejo por las mañanas para ver los resultados de los partidos y memorizar algún detalle (a quién le habían dado tarjeta roja o amarilla, quién había pateado o atajado un penal) para luego comentarlo con los otros chicos. Los otros nunca sospecharon nada, me decía con una sonrisa.

Nos turnábamos en juntarnos en su departamento y en el mío. Él vivía en el piso decimocuarto de un edificio en Barracas, en un departamento estrecho, de ventanales amplios y polvorientos en los que el sol pegaba en las tardes de invierno. Sus muebles y pertenencias no revelaban mucho sobre él. Todo lo que había en el departamento se justificaba con criterios utilitarios, incluidas las fotos enmarcadas de su familia: sobrinos, el tío y su mujer, una hermana que ahora vivía en Nueva York. Un par de veces me crucé con su tío, un tipo simpático que se parecía un poco a Alberto.

Lo más divertido y a la vez aburrido de Alberto era su afición a la metafísica de perogrullo y la antropología marciana. Anunciaba sus revelaciones trilladas como si él mismo hubiese sido el Aristóteles que las había descubierto por vez primera. En algún momento se me ocurrió empezar a registrarlas, escribir una especie de enciclopedia de las ocurrencias de Alberto. Fue otra de esas tantas cosas que nunca hice en mi vida. Copio algunas de las que me acuerdo, al azar:

"Hay dos posibilidades; o en el universo todo está determinado de antemano, y todo ocurre de acuerdo a una necesidad lógica; o todo está regido por el azar, y cada momento es único, irrepetible, y carente de propósito".

"El tiempo es una propiedad subjetiva, un producto de la mente que lo observa y también lo produce".

"El ser humano es el único animal que lleva su propia agua y comida a cuestas. Necesita una piel artificial porque la suya misma es débil. Es en verdad un ser indefenso, un animal inacabado que increíblemente reina ahora sobre el mundo".

"El otro día, cuando estaba en la ferretería buscando un tornillo de un largo específico, tuve la intuición de que todo estaba interconectado. Que ese tornillo tenía que tener una tuerca correspondiente, y una madera; y esa madera, una bisagra, y luego un marco. Y todas esas cosas se acoplaban perfectamente entre sí, se necesitaban las unas a las otras, de modo que si alterás una cosa tenés que alterar todo. Y me pregunté si no es todo el mundo así, de modo que si movés una cosa, todo se derrumba".

Si todo está escrito en el universo, y el manifiesto azar del devenir es solo la máscara de un Ser inmutable, entonces el único propósito de mi vida ha sido que Sandra y Alberto se conocieran. Fui el catalizador de algo vasto y más significativo que mi propia existencia, y estoy agradecido al universo por haberme tirado esta migaja de transcendentalidad en lo que de otro modo sería una vida sin consecuencia. Me asombra recordar tan claramente el día fatídico, en su momento no parecía que hubiera motivo para retenerlo en tanto detalle. Todo procedía muy ordinariamente, con Alberto y yo parados en una esquina en la Avenida Santa Fé. Un calor infernal torturaba a la ciudad, uno de esos días que se esgrimen comúnmente como evidencia del calentamiento global. El caldo húmedo del aire atravesaba la ropa, la piel, las capas de grasa y músculo. Se reía de todos y se instalaba en los huesos. Se había cortado la luz en mi departamento. Bajamos los tres pisos en la oscuridad. Yo llevaba el tablero.

Mientras Alberto terminaba su cigarrillo, yo había entrado a la confitería para comprobar si tenía aire acondicionado. Al salir, vi a Sandra al lado del semáforo en la esquina de enfrente, aprestándose a cruzar la calle en nuestra dirección. Alberto terminó su cigarrillo y yo creí apropiado esperar ahí para saludarla. Parecía estar vestida igual que en la oficina, excepto que llevaba un sombrero de ala ancha, el pelo suelto y unos anteojos oscuros; al acercarse, advertí que vestía una pollera y blusa livianas, y que el color de la ropa era de ese mismo azul o gris indefinido. No parecía traspirar ni padecer el calor. Caminaba cabizbaja, pero advirtió mi presencia al cruzar la calle. Sé que estaba debatiendo si saludarme o hacerse la ensimismada, y finalmente se decidió por darme una sonrisa al pasar. Yo le dije "Hola, Sandra"; y escuché que Alberto me imitaba, o más bien me parodiaba en un jadeo casi inaudible. Sandra aminoró la marcha y se detuvo a unos pasos de nosotros. Todavía no sé bien qué le llamó la atención. Lo miró a Alberto y parpadeó dos veces detrás de los anteojos, pero Alberto no era un tipo muy atractivo.

"¿A qué juegan?", dijo en una voz chillona.

Se me ocurrió que a Alberto le gustaría conocerla; no a Sandra particularmente, sino a cualquier mujer; así que me callé y dejé pasar la pelota.

"Al ajedrez", dijo él, ahogándose en las palabras.

A Sandra no se la veía sonreír a menudo; cuando lo hacía, su rostro cambiaba notablemente. "¡Qué bueno!"

Hubo una pausa incómoda. Inhalé profundamente. El aire hervía. Entonces, Sandra dijo: "Yo fui subcampeona del torneo nacional una vez". Parecía que se aprestaba a irse, toda su postura apuntaba en la dirección contraria; incluso dio un par de pasos minúsculos.

Alberto la miraba, estupefacto. Jadeó de nuevo, más audiblemente: "Te juego".

Nos sentamos los tres en una mesa del fondo. Yo estaba esperando el momento adecuado como para irme, pero estaba muy agradable ahí dentro y me deprimía la idea de volver a la oscuridad de mi departamento. Desplegué el tablero ceremoniosamente y coloqué las piezas sin preguntar; blancas para ella, negras para él. Ninguno se movió para ayudarme; esperaron a que yo terminase como si mi servidumbre se hallase dictaminada en el orden natural de las cosas. El partido, debo decir, fue fascinante, lleno de movidas inesperadas. Alberto se defendió lo mejor que pudo, pero sufrió bajas importantes al principio, y luego se puso nervioso e hizo un par de malas jugadas. El jaque mate encontró al rey de Alberto bloqueado por sus propios súbditos inservibles y asediado desde dos ángulos terminantes. Hubo un silencio. Alberto y Sandra se contemplaron largamente. El café se les había enfriado hacía ya un tiempo. Me acuerdo de que, cuando trajeron el café, Alberto había agarrado el salero por equivocación y se había percatado de su error en el último momento. Yo decidí que era momento de irme; estaba esperando que alguien hable o que comiencen el juego de revancha. Me podían devolver el tablero más tarde. Entonces Alberto dejó caer una de sus perlas filosóficas: "El universo es como un torneo de ajedrez que nunca se repite".

Sandra no pareció ni fingió entender. De ahí la conversación fluyó entrecortadamente. Me insistieron que me quedara, así que jugué un partido con Sandra. Lo mismo: opuse resistencia, pero Sandra identificó inmediatamente mis costados débiles y les sacó buen provecho. Yo de vez en cuando la miraba subrepticiamente; ya no podía relacionar a esa mujer enfrente de mí con la Sandra de la oficina. No sé si era la luz, su peinado o su expresión de suma concentración. Era como estar con su hermana gemela, alguien igual pero distinta. Los bordes del cuello y mangas de su blusa ostentaban unos bordados de flores fantasiosas en forma de espiral; esos detalles que se imprimen en la memoria sin un porqué. Esa tarde hablamos más que todo lo que habíamos hablado durante los tres años y pico que trabajaba en la compañía. Sin embargo, no aprendí mucho sobre su vida. Sus gustos parecían bastante comunes; tenía un gato, iba con sus amigas al cine una vez por semana, leía los libros de moda, le gustaba la música clásica, trataba de mantenerse al margen de la política de la oficina. Solo su afición al ajedrez la marcaba como rara o inusual. Y en el medio de todo esto yo intuía más intensamente que nunca esa energía que había presentido el primer momento en que la había visto y que ella trataba de ocultar bajo una apariencia ordinaria.

Los dejé con el pretexto de que debía volver a mi departamento para ver si había vuelto la luz. Al llegar a la entrada, comprobé que todo seguía igual de oscuro y triste. Subí los tres pisos y me acosté en la oscuridad; tenía un fuerte dolor de cabeza y le eché la culpa de todo al calentamiento global. Durante la semana siguiente, intercambié algunas palabras con Sandra durante los almuerzos. Ella ahora me sonreía sutilmente, como si compartiéramos un secreto. Hablé con Alberto brevemente el fin de semana y quedamos en encontrarnos el viernes siguiente. Desde luego sentía curiosidad por saber qué había pasado el resto de esa tarde. Ese viernes, aparecieron los dos en la puerta de mi departamento con una botella de vino, ravioles, queso y salsa. Traté de disimular mi asombro. Alberto y Sandra eran dos partes de mi vida que hasta ahora no habían tenido contacto. Ahora, entre la conversación animada, los vasos de vino y los partidos de ajedrez, me acostumbré con sorprendente rapidez al hecho de que estaban juntos, en pareja; incluso me resultaba extraño concebirlos de otra manera. El hecho de verlos tan felices también ponía de relieve mi soledad y angustia. Quizá les envidiaba su felicidad y resentía el modo en que habían hecho que el amor, tarea laboriosa y compleja, pareciera algo tan simple y espontáneo. ¿Por qué tantas vueltas, entonces? ¿Por qué la soledad, los reproches, la vulnerabilidad, el miedo, el aislamiento? Por su parte ellos no consideraban necesario darme explicaciones. Ella se reía de las ocurrencias trilladas de Alberto y él observaba atentamente los labios de ella moverse al hablar. Nunca había visto a Alberto tomar alcohol ni reírse con la boca abierta.

El domingo, poco más de una semana después de la noche de los ravioles, Alberto me dijo que solo podía pasar un rato, a jugar una partida. No le pregunté qué tenía que hacer, pero me imaginé. Esperé a que él abordara el tema a su tiempo y manera. Su mente estaba en otra cosa y le gané la partida sin problema. Ni siquiera se molestó en anotar el resultado en su cuaderno.

"Me parece que me enamoré, perdida y profundamente", me dijo.

"¿En dos semanas te enamoraste?"

"Con una intensidad inaudita, como nunca antes ni después". Recién ahí pareció registrar lo que yo le había dicho. "¿Qué tiene que ver el tiempo? Qué, ¿acaso las cosas nuevas no son tan verdaderas o reales como las viejas?"

"Es rápido y certero, el amor".

Ignoró mi sarcasmo. Me arrepentí entonces de ser tan amargo y aguafiestas, de ser el amigo celoso. Cuando estaba por irse, me agradeció por haberle presentado a Sandra. Yo me encogí de hombros: realmente, no había hecho nada. Era asombroso que estas dos criaturas, socialmente incompetentes, extraordinarias en su ordinariedad, hubiesen congeniado tan perfectamente. Me los imaginaba hablando, tomando un helado, haciendo el amor, pero me costaba concebir a Sandra vestida con otra ropa que no sea de ese color indefinido. No me molestaba tanto el hecho de envidiarlos como el de no saber por qué. A mí me gustaría enamorarme, ¿a quién no? Creo que amé a dos o tres mujeres en mi vida, mucho tiempo atrás. Recuerdo sus nombres, que no vienen al caso, y sus caras son borrones indefinidos.

Comencé a anhelar secretamente el fin de su relación. De verdad, ¿cuánto podía durar? La plenitud de sus vidas solo acrecentaba la soledad de la mía. De ahí en más los encuentros con Alberto se hicieron más frecuentes y más cortos. Una vez a la semana nos veíamos los dos por nuestra cuenta y jugábamos las tres partidas de siempre o íbamos al cine. Luego de un rato, un par de horas a lo sumo, notaba que se volvía inquieto y sus ojos revoloteaban de un lado a otro. Incluso, una vez que me demoré en despedirlo, Alberto comenzó a sudar como un drogadicto anticipando su dosis. En la oficina Sandra y yo hablábamos más seguido, y a veces almorzábamos juntos. Estaba mucho más simpática y abierta conmigo. De a ratos su mirada se tornaba ausente y se tocaba las mejillas ensoñadamente con las yemas de los dedos, como tratando de revivir el contacto de algo o alguien. Se la veía más linda, pero podría citarse el lugar común de que eso siempre les pasa a las mujeres cuando se enamoran. Ya no me atacaban esos impulsos de girar en mi silla para comprobar si seguía allí, y esto indicaba dos posibilidades: o Sandra estaba ahora aquí, sustancialmente presente; o se había ido definitivamente, de modo que su ausencia ya no era intermitente, sino permanente. Sandra estaba cambiando, mutando delante de mis ojos; pero muy lentamente, de modo que no se notaba. Supongo que lo mismo le sucede a un padre que ve a su hijo crecer día a día. A veces venían los dos a jugar al ajedrez, usualmente un domingo por la tarde, y traían una botella de vino y algo para cenar. O yo iba a lo de Alberto y encontraba a Sandra allí; noté cambios en el departamento, toques femeninos; un desodorante ambiental en el baño y manteles con bordados en las mesas, y me pregunté si Sandra se había mudado con él.

La rutina y el paso del tiempo lograron sepultar mi asombro, recelo, y todo sentimiento adverso. Las cosas volvieron a la normalidad, excepto que esta vez la normalidad tenía una cualidad nueva e indescriptible, algo que solo podría caracterizarse como demasiado normal, pero que por algún motivo no debería serlo.

Cuando Alberto comenzó a soltarse y a hablar de su relación con Sandra, sus comentarios me parecieron una extensión de su filosofía barata, ahora expresada en forma de poesía cursi. Ya sé que el amor es un tema en el que es muy fácil empantanarse en lugares comunes. El discurso de los amantes es finito y el amor, famosamente infinito. Incluso el mero intento de expresar su inexpresabilidad, como acabo de hacer, nos lleva al callejón sin salida de la perogrullada. ¡Qué vulgar es el amor, qué predecible! Lugar tan lleno de atardeceres rosados, mañanas perezosas y sudorosas, miradas ardientes, sábanas húmedas y retorcidas, cuerpos estáticos y extasiados. De palabras ordinarias que se transfiguran en pura poesía al ser susurradas al oído. Metáforas manoseadas y eternas, espasmos que arrojan al lenguaje contra las paredes de sus propios confines. Cuando los amantes acuerdan en callar, porque las palabras no pueden encerrar los profundo e inmenso de lo que sienten, caen en otro lugar común, otro cliché. Porque no es suficiente simplemente contentarse con sujetar y apretar la mano del amado, sino que uno debe recorrer la piel con las yemas de los dedos, renovando el contacto como si cada roce fuese el primero y pudiera ser el último. Y cada minuto de ausencia contiene eternidades desesperadas en las que uno anhela la presencia del amado, el otro que es al final uno mismo.

Alberto me decía que, cuando estaba con Sandra, se sentía muy bien. En paz. Y yo interpretaba los destellos en las comisuras de sus ojos como lágrimas de felicidad. Podía felizmente morir a su lado en el momento que sea, con una sonrisa. Hablaban de todo un poco, pero la mayor parte del tiempo preferían el silencio. Los silencios, de hecho, se tornaban cada vez más extensos; podían pasarse la tarde entera sin decir palabra y quedarse así, enredados en los brazos del otro, por horas y horas. Cuando nos miramos a los ojos, el tiempo se detiene. Nos sumergimos en el otro y nos perdemos en las profundidades, en un ser que es ahora una mezcla indistinguible de dos seres. Las horas desaparecen, caemos en un trance, y de repente nos descubrimos el uno al otro en el medio de la noche, sin conciencia de lo transcurrido. El lunes pasado, por ejemplo, caímos en uno de esos estados y apenas pudimos desprendernos a tiempo para ir a trabajar. Ni nos duchamos y a veces nos olvidamos de comer. Es increíble, pero cada vez que la veo siento como si no la hubiese visto en años. Incluso si se va por cinco minutos, a la vuelta la veo con ojos frescos y añorantes, y me abalanzo sobre ella, hambriento como un lobo. No solo es ella la mujer más bella que he visto en mi vida, es la cosa más bella, es la belleza misma. Cuando la miro, me dan ganas de llorar, tal es la intensidad de su hermosura. No me canso de verla, no me canso de tocarla ni de abrazarla. Sinceramente creo que en algún momento nosotros dos fuimos parte de un solo organismo, un solo ser viviente. Quizás todos los seres humanos lo hemos sido en algún momento y, debido a una desgracia cósmica, nos hemos fragmentado en pedacitos. Atesoro en su ausencia el sonido cristalino de su risa, la luz de sus ojos, el roce de su pelo oscuro entre mis dedos. Qué triste es el mundo, Agustín. ¡Qué triste es saber que todos podemos ser felices, completos! Que ser feliz es algo tan simple y al alcance de todos.

En los últimos meses, las reuniones con Alberto se volvieron más espaciadas, y a veces no nos veíamos por un mes entero. Lo notaba igual de entusiasmado y feliz, no hablaba acerca de otra cosa que de Sandra. Cuando jugábamos al ajedrez, ahora yo les ganaba a los dos casi siempre. Al hacerle jaque mate a Alberto, él pestañaba, como si recién se despertara; me sonreía y me felicitaba.

No viene al caso ser muy precisos con la cronología; de todos modos, no me acuerdo bien. Calculo que en total habrán transcurrido alrededor de dieciocho meses entre el primer encuentro entre ellos y el día de su desaparición, unos diez meses atrás. Todo este tiempo me ha tomado juntar el coraje para escribir.

Advertí los primeros cambios en ellos durante esos últimos dos o tres meses. Un día Sandra comenzó a usar un echarpe alrededor de su cuello. La nueva prenda de vestir era del mismo color que el resto de su uniforme; un color indescriptible, entre gris, azul marino y negro, dependiendo de la intensidad de la luz. Llegaba tarde, a veces no aparecía. O no entregaba las cosas a tiempo, y cometía muchos errores. Nuestros jefes la citaron un par de veces, le advirtieron que las cosas no podían seguir así. Noté las marcas primero en Alberto. Podían verse sobresaliendo de su remera y de sus mangas, en su cuello y antebrazos. Ahí me di cuenta de que, desde que había comenzado su noviazgo con Sandra, Alberto usaba mangas largas. Eran las mismas marcas en la piel que Sandra ocultaba con su echarpe. Por lo que pude inferir por medio de ojeadas subrepticias, las marcas se debían a una especie de descoloramiento, el producto de la sequedad o de algún hongo. No me parecía decoroso preguntarles, y pronto me olvidé del tema.

No es que algo andaba mal, yo no lo sentía así. Quizá todo anduvo muy bien, y todavía está bien. Si fue un final trágico o dichoso, no es algo que yo pueda decidir. Los dos se volvieron distantes. Parecían haber perdido todo interés, no solo en mí, sino en sus tareas y responsabilidades. Y yo, por mi parte, ya no les prestaba mucha atención. Había vuelto a mi soledad, a mi melancolía. Es un lugar cómodo, dentro de todo, el único que conoceré por el resto de mis días. Ya me había resignado al hecho de que Alberto me había abandonado por una mujer y que no encontraría consuelo en sus abstracciones infantiles que tanto me hacían olvidarme de mí.

Fue un jueves. Yo estaba invitado a cenar en lo de Alberto esa noche. Sandra no había aparecido en la oficina en toda la semana, y yo supuse que se había enfermado. O quizás los amantes traviesos se habían quedado amodorrando en la cama bajo la luz difusa de aquella primavera incipiente. ¡Por cuatro días seguidos! La idea me causaba gracia, pero no me extrañaba. Toqué el timbre y esperé en la entrada. Había traído el tablero y una botella de vino. Esperé un rato, toqué el timbre de nuevo, luego abrí la puerta. Llamé sus nombres. El aire adentro era denso y acolchonaba los sonidos. Había un olor rancio y dulce, con un dejo a quemado. Era un olor animal, pero no del todo desagradable.

Al moverme a través de la sala de estar, el sonido de las piezas dentro de la caja me sobresaltó. Sentí que estaba entrometiéndome en algo que no debiera. Había una botella de vino vacía en el piso. Dos platos de fideos sin terminar sobre la mesa. Me quedé como un idiota mirando los restos de comida, tratando de calcular cuánto tiempo habían estado allí. El olor se había ido, o yo ya me había acostumbrado a él. Los llamé de nuevo, primero el nombre de Alberto, luego el de Sandra. Mi voz me sonaba chillona, como si estuviera gritando.

El sonido fue como el de un roce, seco y prolongado. Venía de la habitación. Pensé en alguna excusa por si los encontraba en alguna situación comprometedora. Me deberían haber escuchado, de todos modos. Al moverme por el pasillo, perturbé un par de moscas. Las ahuyenté con las manos.

La ventana en la habitación de Alberto estaba abierta de par en par. La primavera afuera se había nublado y la luz era chata y uniforme. Permanecí allí, en el umbral de la habitación, un largo tiempo mientras mis ojos trataban de descifrar lo que veían. Incluso me tomó unos cuantos segundos darme cuenta de que lo que estaba viendo no era algo normal, que no debería estar viendo esto y que nadie debería nunca verlo. Parte de ellos estaba cubierta por una sábana sucia, que en algún tiempo lejano había sido blanca. No sé bien cuál parte era, supongo que la parte inferior, porque creo que vi unas bocas, algo como orificios que se habrían y susurraban algo mudamente. Había también ahí algo que habían sido ojos pero que ahora se contemplaban a sí mismos, hacia adentro, para siempre en la profundidad del otro, del amado. El sarpullido se había extendido por toda la superficie de la piel. De hecho, había tomado el lugar de la piel, solo puedo describirlo como carne expuesta. Carne vulnerable, inmensamente frágil, que reaccionaba con el aire, con el roce contra sí misma, envenenada por cualquier impureza, por el oxígeno mismo. No sé si advirtieron mi presencia, no sé si mi presencia misma era lo que los envenenaba. No supe tampoco si sus movimientos respondían al dolor o a un goce supremo ya indistinguible de una pura agonía. Un miembro, algo en lo que creí distinguir dedos torcidos y dispuestos de un modo anormal, como dos juegos de pinzas opuestas, trataba de desprenderse de los torsos, los nudos centrales donde pude distinguir dos espinas dorsales que se enredaban juguetonamente como serpientes apareándose. El miembro estaba tratando de acariciar el cuerpo. El movimiento era de una extrema delicadeza. Finalmente, los extremos de los dedos rozaron la superficie de los cuerpos y la carne se estremeció. El eco de esa caricia trazó una hendidura en la carne que se transmitió a lo largo del cuerpo como una ola, hasta desaparecer debajo de las sábanas. Decidí entonces que debía dejarlos solos. Mi gesto de adiós, porque supe instintivamente que no los vería de nuevo, fue dejarles el tablero en el umbral, porque no me atreví a entrar.

Y eso fue todo. Sé que en algún momento los vecinos llamaron a la policía debido al olor, que se encontraron pequeñas huellas de sangre, pero ningún otro rastro de ellos. Yo ya les conté a las autoridades todo lo que sé, excepto, por supuesto, el final. Les dije nada más que había entrado a dejarles el tablero de ajedrez. Ya todos sacaron sus conclusiones: juegos sexuales macabros, deudas impagables, depresión, pacto suicida. Me dijeron que no habían encontrado el tablero y por eso sé que están en algún lado, que se fueron juntos. Ya no los envidio ni albergo rencor. Es extraño, pero ahora la felicidad de ellos es parte de mí. Mi soledad se siente menos agobiante sabiendo que están ahí. En los buenos días, esto me basta para enfrentar la desdicha de haber sido condenado a ser testigo de una felicidad que me ha sido negada

El enjambre y las sombras

Sobreviene sin advertencia, oscureciendo la tierra como la sombra de un ave de presa, a la hora del limbo entre oscuridad y amanecer cuando el enjambre se sumerge en un lapso de sueño insectil.

Trabajadores, guerreros, nodrizas, larvas; la luz recién nacida revela los cuerpos de cientos esparcidos por los campos, apisonados indistinguiblemente en pastosos montones de donde asoman extremidades quebradas y fragmentos de antenas. De las otrora orgullosas alas de verdes brillantes y amarillos eróticos solamente queda un polvo pálido en el suelo, como diamante pulverizado.

Los individuos restantes confieren afanosamente, llenando el aire con círculos erráticos y dolidas melodías de alas. La visión de la muerte no es ninguna novedad. A menudo, cuando el enjambre se embebe en su actividad cotidiana, advierten que uno de ellos está volando bajo o persiste demasiado tiempo sobre una hoja o en un parche de sombra. Un momento después, perciben al compañero arrastrado por las corrientes, y los sentidos siguen su descenso en espiral, las extremidades sacudiéndose en una despedida rabiosa. Para cuando llegan al cuerpo, los ojos polifacéticos están vacíos y silenciosos, la nada mirando a nada. El cuerpo se mantiene entero e intacto como en la vida. Una imagen angustiante, el enjambre piensa mientras el cuerpo es prontamente desmembrado y transformado en alimento. Aunque la muerte se lleva a uno o dos de ellos a la vez, esto representa un jadeo de importancia menor en la conciencia colectiva, un jadeo pronto engullido por el movimiento incansable del enjambre.

Contemplando la devastación, percibiendo con extremidades delgadas como un cabello la pegajosa escritura de la muerte en el aire, los supervivientes se dan cuenta de que esto es diferente. Casi tres cuartos del grupo se han extinguido en una vasta y subrepticia barrida. Estas no son las formas crípticas y graduales de la naturaleza.

Qué hay por hacer.

¿Ahora?

Podemos escapar.

(Miedo).

No podemos escapar.

Estamos a salvo.

Aquí.

Hemos estado a salvo aquí.

Por todo el tiempo que abarca.

La memoria.

Debemos entonces.

Buscar ayuda.

(Excitación).

Ayuda externa.

Hay una pausa en la que las voces dispersas se reúnen en un solo pensamiento arribando a una decisión.

Vamos a avisarle.

A las autoridades.

La Oficina.

El enjambre se acurruca, juntos, suspendidos, pulsando en sincronía. A pesar de que depositan pocas esperanzas en la burocracia insectil, parece que es lo único que pueden hacer.

*

La tarea de presentar un informe a la Oficina se asigna a uno de los miembros más antiguos, un insecto llamado Blanco a causa de su color albino. El emisario monta las corrientes hacia el exterior, hacia los campos que rodean a los nidos, y a continuación a los Espacios más allá. A medida que el día se convierte en noche, Blanco avista un borde de tierra marcado con moléculas de olor, débiles pero reconocibles. Es una entrada a un laberinto subterráneo.

Acogido por el recinto húmedo de los túneles, Blanco comienza a seguir una de las rutas que conducen al corazón de la Oficina. A medida que avanza, el aire se vuelve más jugoso y la mezcla de olores, más dulce y abrumadora. De vez en cuando se cruza a un servidor público en su camino a la salida o a grupos de campesinos charlando entre sí, aparentemente perdidos en los túneles. Finalmente, llega a una cámara bañada en una luminiscencia opaca sin fuente visible. En el centro de la cámara hay un área de recepción, atendida por una gran mantis religiosa de mirada fija e insondable.

Mientras espera su turno, Blanco inspecciona la variedad de especies en la sala, algunas de los cuales nunca ha visto antes. Hay un mosquito delgado con alas de color esmeralda y un gran aguijón que porta con orgullo evidente. Hay un cascarudo de plata cuyos ojos numerosos estudian, hostiles, los alrededores mientras teje, abstraído, un capullo de hilos que resplandecen débilmente. Hay escuelas de moscas bebé que se agitan en patrones febriles que nunca se repiten. Hay un gusano gordo y translúcido que escarba con nerviosismo en la tierra.

Algunos de los visitantes están aquí para registrar acontecimientos inusuales o notificar a las autoridades superiores de migraciones, movimientos de Sombras y las zonas de clima benigno. Otros traen ofrendas a la mítica Tetzoacal, la Reina de la Oficina, o llevan cosas curiosas para ser almacenadas en la Biblioteca. Otros están aquí para resolver disputas o para encontrar puestos de trabajo. Todos son bienvenidos. Todos son iguales ante los millares de ojos de la Oficina.

De a uno o en grupos se los llama y son dirigidos hacia diferentes pasajes. Las conferencias son breves y conducidas en voz baja. Cuando llega su turno, el emisario se desliza ante el escritorio y se le pide que indique el motivo de su visita.

Una gran catástrofe ha acontecido, el viejo insecto explica. *Cientos han muerto inexplicablemente.*

Blanco genera una representación química, tratando de encapsular el horror de lo que ha sucedido. Pero a pesar de la intensidad de sus esfuerzos, la expresión del recepcionista no delata interés ni emoción.

¿No hay signos de Sombras?

¿Le ruego me disculpe?

¿Sin oscuridad repentina? ¿Olor empapado de oscuridad en el aire? ¿Abismo abrupto en el cielo?

No. Un momento estaban allí, al siguiente no estaban.

Hmmmmmmmmmmmmm. Es un relato bastante curioso. Tendrá que hablar con el Secretario General de Asuntos Extraordinarios.

Una antena apunta hacia la boca de uno de los pasajes. El emisario murmulla sus gracias y procede.

La cámara del Secretario es más acogedora y agradable que la zona de recepción. Dos globos de luz química brillan en los rincones extremos. El Secretario es un viejo cascarudo que ha perdido sus patas traseras, las restantes se agitan constantemente sobre una pila desordenada de papeles.

Hola, dice el burócrata, hablando rápidamente. *¿Qué puedo hacer por ti?*

Salimos del sueño esta mañana para descubrir la mayor parte de nuestro enjambre muerta de una manera horrible.

Blanco envía otra imagen, pero esta vez se trata de un boceto borroso y esquemático. La indignación se aleja ahora para ser sustituida por el creciente temor ante los antiguos misterios de la Oficina.

Veo, dice el Secretario. *Creo que ha habido casos similares en la historia, grandes actos, aparentemente absurdos de... hmmmmmm... Intervención de las Sombras.*

Las alas del emisario revolotean con excitación: *¿Quiere decir que hay una explicación?*

El Secretario levanta la vista de sus papeles y examina su interlocutor durante un largo momento. Pensamientos ilegibles parpadean a través de las células de sus ojos.

Las cosas no son tan simples, sentencia. Al sentir la agitación del visitante, el burócrata eleva un miembro apaciguador y cambia de posición laboriosamente detrás del escritorio.

Déjame explicar. Preveo, en este caso, cuatro posibilidades distintas:

La primera posibilidad es que, efectivamente, haya una explicación de lo que ha sucedido, una respuesta dentro de los alcances de nuestra comprensión. Si este es el caso, significa que una investigación de rutina debería determinar la causa de tanta muerte sin sentido y aclarar el asunto a la satisfacción de todos.

La segunda opción es diametralmente opuesta a la primera: Nunca entenderemos lo que ha sucedido, ya que no tenemos una visión más allá de nuestra condición de insectos. Una explicación puede existir en un nivel más alto de comprensión. Pero esta explicación nos parecería absurda, incomprensible, o tal vez tal vez demasiado cruel y aterradora. Así que nuestra actitud debería ser de resignación y humilde reverencia hacia las fuerzas grandiosas que controlan nuestra existencia. O tal vez podemos elegir una posición de desafío y de revuelta permanente, como una forma de expresar algún tipo de autoafirmación individual o colectiva.

El Secretario golpea la mesa con su probóscide: *¿Me estás siguiendo?*

Balanceándose en la punta del delgado tallo de su cuello, la cabeza de Blanco asiente con vigor.

Tercera posibilidad: No hay explicación alguna, ya sea dentro o fuera de nuestro entendimiento o de cualquier tipo de entendimiento. En cuyo caso no hay curso de acción o explicación mejor o más legítima que cualquier otro.

Cuarta opción: Podemos inventar una explicación nosotros mismos y ponernos de acuerdo en sostenerla. Independientemente de su carácter mítico o ficticio, esta explicación serviría para disipar nuestro terror y hacer nuestras vidas más felices, en la medida en que enseñemos a nuestros descendientes a preservar este mito a lo largo de las generaciones, sostenerlo como una verdad inmutable y no cuestionarlo muy de cerca.

El Secretario contempla la expresión vacía del visitante. Transcurre un largo rato antes de que el viejo emisario advierta que el discurso ha terminado.

¿Bien? el burócrata dice finalmente.

Las palabras sólo han llenado a Blanco de un malestar digestivo. *Entonces, ¿hay una explicación o no?*

El Secretario suspira, hurga en una pila de papeles y toma un formulario fresco.

Vamos a enviar a un investigador para echar un vistazo. Procedimiento de rutina. Evaluaremos entonces qué hacer a continuación. Por favor, toma esto y pasa a la sala de espera.

La sala de espera es más pequeña y menos iluminada que la cámara del Secretario. El emisario rellena el formulario, marcando las casillas de selección múltiple con trazas químicas. A continuación, se enrosca en una bola y se acuesta sobre el suelo, escuchando los murmullos suaves de las entrañas de la tierra. Después de un tiempo de espera, una voz rompe con su ensimismamiento.

Buenos días. Mi nombre es Tzzt, Investigadora de la Oficina.

El acento es fangoso y lento. Blanco se da cuenta de que la Investigadora es demasiado grande para caber en la habitación. Se reúnen en la puerta, y sus antenas intercambian señales de amistad.

Tzzt lidera el camino a través de los túneles y de vuelta hacia la superficie. La Investigadora es una avispa femenina color oro, de alas marchitas y un aguijón amenazante, una tipa habladora pero distante.

Mientras navegan a través del laberinto, la Investigadora cuestiona al emisario sobre el enjambre, sobre sus formas de vida, sus creencias y su organización social. A partir de las respuestas de Blanco, Tzzt conforma la noción de una sociedad sin clases y armoniosa, sin embargo, supersticiosa, territorial y conservadora.

Después de tantos túneles, el emisario se encuentra anhelando la calidez de la luz del día y el abrazo del enjambre.

*

Los insectos dan la bienvenida a la Investigadora con una cierta sospecha. Pero Tzzt no muestra signos de estar ofendida o ni siquiera darse cuenta; la vista de la matanza ha absorbido de inmediato su atención. Los ojos inmóviles examinan la escena, el bosque de cuerpos retorcidos bajo la luz fría. A veces el universo puede ser tan cruel, tan indiferente a la condición de los insectos.

De todas las cosas atroces que Tzzt ha visto a lo largo de los años, esta es una de las peores. ¿Podría ser esta la obra de las Sombras, esos dioses colosales y malignos que a menudo se deleitan en tales genocidios y actos de destrucción?

Una parte del enjambre está disponiendo montículos de excreciones en círculos alrededor de los muertos mientras tararea un himno fúnebre en su memoria. Otra parte está intentando reproducirse, colocando hilos de esperma sobre las hojas y llenando el viento con la frágil electricidad de llamadas en código. En lo alto de las briznas de hierba, las perlas brillantes esperan la danza zumbante de las hembras portadoras.

Mientras los insectos trabajan, estudian furtivamente al recién llegado y conversan entre sí:

Una curiosa aparición.

De un distante.

Lugar.

Tan grande y.

Torpe.

Una vida tan alejada de la lucha cotidiana por la existencia.

Sí.

¿Qué puede hacer?

En el mejor de los casos, todo lo que la Oficina puede ofrecer son explicaciones.

¿Y de qué nos sirven las explicaciones ahora?

Sí.

¿Pueden las explicaciones devolvernos a nuestros seres queridos?

¡No!

Obedeciendo una señal invisible, el enjambre se reúne alrededor de Tzzt.

Percibiendo la desconfianza colectiva que acecha en la mente insectil, la Investigadora permanece suspendida en el aire, frente al grupo. Los estudia uno por vez, la misma mente le devuelve la mirada desde decenas de ojos.

En primer lugar, dice, me gustaría transmitir en nombre de la Oficina nuestras condolencias más sinceras y sentidas.

El enjambre la contempla con indiferencia.

Sé lo que se siente la pérdida de seres queridos a causa de una muerte violenta y sin sentido. Sé cómo se siente vivir sin explicaciones.

Acto seguido, Tzzt les cuenta la historia de su vida.

*

Mucho antes de que fuera reclutada en la Oficina, vivía en una gran colonia en los trópicos. Todavía puedo evocar el calor, las danzas de luz y sombra de la vegetación, los átomos rebosantes de percepciones. A lo largo de las sucesivas temporadas, nuestra población expandió su dominio por un vasto territorio, superando en número a todas las demás especies de la zona. Mis primeros recuerdos son de la cámara natal, fría y oscura, donde me sacudí ciegamente entre otros miles de mis congéneres. Las enfermeras me limpiaron e inspeccionaron, luego me enseñaron sobre el cuerpo y la organización de la percepción y entendimiento. Recuerdo el calor protector de los nidos, la primera visión del cielo abierto y de las calles de nuestro reino.

Mi infancia fue feliz. Había nacido obrero, y cada día iba con mis compañeros obreros a las afueras, donde trabajábamos sin descanso anexando terreno y ampliando la red de nidos.

Entonces empezaron los problemas. A medida que me acercaba a la edad de plenitud, sentí la llamada de la reproducción. Se inició con una serie de sueños extraños. Luego mi cuerpo empezó a hincharse, y un líquido lechoso y espeso desbordó de mis junturas. Los burócratas vinieron a llevarse a los obreros afectadas, guiándonos hacia la zona central de los nidos, en la cual nos adentramos a través de los sistemas de pasajes más antiguos.

Nos detuvimos en la boca enorme y oscura de un pasillo. Recuerdo la espera en la fila, respirando el miedo colectivo y sumándole el mío. Uno por uno mis compañeros fueron convocados. Cuando llegó mi turno, me dirigieron a una sofisticada habitación donde la Reina esperaba con sus patas abiertas, fulgurando con voraz hambre sexual. Me encontré paralizado por su belleza, fascinado por el baile delirante de sus extremidades, sus ojos como piedras límpidas y viscosas.

El momento de la primera inseminación fue breve, pero pareció durar una eternidad. Yo estaba tan enamorado que no podía sacar la imagen de la Reina de mi mente. La aterradora belleza de mi Reina sólo puede ser comparada a la de Tetzoacal, la Gran Reina Burócrata, de quien se dice que gobierna el funcionamiento de la totalidad de la Oficina desde su guarida en el corazón de la tierra. Yo sabía que mis compañeros de trabajo sentían lo mismo y un celo asesino surgió entre nosotros. Los guerreros nos vigilaban día y noche para evitar que nos devoráramos mutuamente.

Mientras tanto, una y otra vez, fuimos dirigidos a través de los pasillos y expuestos a la Reina, quien se volvía más feroz en cada encuentro. Ella reclamó nuestra semilla hasta la última gota, a menudo hundiendo sus mandíbulas en nuestros estómagos para succionar las últimas moléculas de la sustancia nacarada.

Comenzaron a circular rumores. Se decía que, una vez concluidas las inseminaciones, nos darían muerte a todos. Los días se volvieron largos y tensos. Pero nunca pudimos averiguar qué destino se nos tenía reservado porque poco después llegaron las Sombras.

Para nosotros, las Sombras habían sido parte de mitos y leyendas. Claro, habíamos oído hablar de poblaciones cercanas que habían desaparecido misteriosamente, pero nunca consideramos que esto podría pasarnos a nosotros. Por lo tanto, cuando la tierra comenzó a temblar y el viento cambió de dirección, todos supusieron que era una tormenta, y siguieron con sus actividades diarias como si nada estuviera pasando.

Pero entonces, un olor fuerte y peculiar llenó el aire, tan poderoso que muchos fueron atraídos inmediatamente y llevados a la locura. Arroyos largos y burbujeantes de insectos se precipitaron en todas direcciones, algunos hacia las Sombras, otros hacia las construcciones y los cuerpos retorcidos de los miembros abatidos de nuestra población.

Entonces el cielo se ennegreció.

De repente, enormes formas se cernían sobre nuestra ciudad.

Pronto estuve demasiado ocupado tratando de mantenerme con vida, dado que los obreros habían aprovechado de la situación para dar rienda suelta a sus impulsos asesinos.

La tierra gritó, se fracturó, temblorosa. Las multitudes tiraban y empujaban en todas direcciones. El aire incinerado por el pánico, vimos nuestras casas y canales, nuestras calles y túneles, la totalidad de nuestro glorioso reino destruido por el avance de la maloliente oscuridad, borrando en instantes lo que había tomado nebulosas eras ancestrales para construir.

A lo lejos, en medio de un mar oscuro de movimiento, vi a la Reina encaramándose sobre las ruinas más altas, temerosa y arruinada, mirando suplicante a las formas oscuras mientras el cielo se cerraba sobre la tierra. La Reina de repente ya no era hermosa.

Aquellos que tuvimos la suerte de escapar nos congregamos y deambulamos sin rumbo durante muchas lunas y muchos soles, hasta que un contingente de burócratas se cruzó en nuestro camino. Me ofrecieron el trabajo en la Oficina, y con el tiempo me convertí en Investigador. Al cabo de unos meses mi cuerpo cambió de nuevo y adquirió la forma de una mujer, una reina abortada con un largo aguijón y esta caparazón de oro.

Por lo tanto para mí en cierta manera el advenimiento de las Sombras fue una bendición disfrazada.

*

La Investigadora trepa el aire y hace una pequeña pirueta que marca el final de su relato. Las miríadas facetas melancólicas de sus ojos abarcan la atención, ahora extasiada, del enjambre.

Ahora escuchen con atención, dice ella. *Tengo un plan...*

*

Y así fueron a buscarse una Sombra. Hacia arriba, en las enrarecidas alturas del cielo, luego hacia abajo en espirales, eludiendo los troncos de los árboles, los desniveles del terreno, Tzzt a la cabeza, apresando con sus mandíbulas y degustando en su boca las densidades del espacio, las fluctuaciones de luz y olor. Siguiendo el sutil rastro de las Sombras.

La mente-enjambre se ilumina de miedo mientras sondean el entorno con espasmos nerviosos de sus extremidades, sin saber qué buscar. Miles de ojos otean los alrededores, siguiendo a franjas y fantasmas de luz, los contornos del nuevo paisaje.

Adelante, a través del espacio desconocido. Adelante, mientras la suave mañana cede su lugar a las geometrías rígidas del mediodía.

*

Hay movimiento ahora, estremecimientos recién nacidos, oscurecimientos no naturales. La aparición de la Sombra es como un apagón repentino y desconcertante. La mente-enjambre se congela. Sus átomos se detienen en el aire, rompiendo la formación. Sin embargo, la Investigadora les apremia.

Esta es una de las criaturas que mataron a su gente, dice ella, adentrándose arduamente en la presencia colosal. Pesadas corrientes los agitan como hojas secas. Las profundidades de la Sombra están llenas de vida. Algunos miembros son víctimas de la atmósfera embriagadora y caen en la oscuridad, los ecos de sus pensamientos divagantes disolviéndose en silencio.

Y hay muchos más.

De estos...

(Terror)

Itinerancia.

La tierra.

Las corrientes los hace describir órbitas ilógicas. Y en medio del caos, ven a la Investigadora sumergirse directamente en el torbellino de la Sombra, volando hacia atrás, con el aguijón de frente.

Parece que es el fin del mundo. Las corrientes del éter crecen más violentas aún. Sus alas baten en vano contra la furia. El cielo es una masa ensordecedora.

Pero entonces, repentinamente como ha venido, toda perturbación se apaga. El aire se despeja, y el espacio se asienta en los patrones habituales de olfato y oscuridad. Tzzt emerge de la Sombra caída, un rayo de oro emergiendo de un vasto continente de noche.

Vamos, dice ella débilmente. *Deben aprender a vivir sin miedo.* El aguijón de Tzzt se ha ido y en su lugar hay una larga herida en la espalda. Dos de sus patas están retorcidas y rotas, y su vuelo es inestable.

Ahora, es todo suyo.

Vacilación, luego ondulaciones de deseo a través de la mente-enjambre. El enjambre desciende, curioso, hambriento, temeroso, sobre la Sombra derrotada. Aterrizan en los ojos abiertos y patinan sobre la superficie húmeda y vidriosa. Se deslizan en las aberturas calientes de la boca, la nariz y los conductos auditivos; se arrastran por debajo de capas de ropa, en las cavernas, los pliegues, los intersticios de la carne deliciosa. Los cuerpos juegan enredados en los largos mechones de cabello.

Cavan heridas en las que ponen huevos frescos. Otros picotean la carne suave y se lavan las extremidades en las lagunas de sangre. Otros se ahogan y yacen muertos, panza arriba, más felices de este modo.

A medida que la mente se regocija, se vuelve mareada, borracha y olvidadiza. La Investigadora contempla el botín, la victoria parcial, sin tomar parte. A medida que examina los contornos de la sombra desde las alturas, ella comienza a redactar en su mente el informe que deberá presentar más adelante ante la Oficina.

Todavía no hay respuestas, su Alteza, no hay explicaciones. Pero la gente es feliz, al menos por hoy. Pequeñas victorias: es posible que esto sea todo lo que podemos reclamar.

Debilitado por la pérdida de su aguijón, la Investigadora busca refugio en un parche oscuro y fresco de vegetación que ha sentido desde el aire. Pero una de sus alas falla, no responde.

Tzzt traza espirales hacia arriba en el aire. No hay mucho tiempo, ella lo sabe. Ella siempre se ha imaginado que sería diferente, que enfrentaría este momento con calma y sin terror. Ella recuerda la cámara natal, una imagen vívida de su cuerpo suave y masculino apretado en el capullo, los huecos sin tiempo de sombra y luz, las tenues caricias en sus párpados. Ella ve los túneles de su infancia, las caras de guerreros viejos y de obreros.

El enjambre continúa la fiesta, sin darse cuenta, y ella siente su fuerza menguando; la memoria y el mundo se fusionan, un abismo, extremidades impotentes parpadean en su vientre.

En su descenso final hacia el suelo, Tzzt tiene la certeza de que alguien la está observando.

Arribos / Arrivals

Durante los once largos meses que precedieron el viaje intentaron, cada uno a su manera, idearse el nuevo país. Era como tratar de concebir a Groenlandia o Uzbekistán, incluso la superficie de la luna lograba evocarles una imagen más clara y familiar. Las fotos, documentales y folletos sólo agravaron la incertidumbre; las imágenes mostraban playas de arena refulgente, mares vívidos, ciudades limpias y ultramodernas, desiertos rojos tan inmensos que se podía ver la curvatura de la tierra. La distintiva fauna (el canguro, el koala, el ornitorrinco) parecía inverosímil, los garabatos de un dios en jardín de infantes. Cada cultura atesora su propia geografía imaginaria del mundo y ciertos nombres evocan prontas respuestas, mezclas de prejuicio y folclore. Pero Australia era una laguna en el imaginario de Argentina, un lugar que parecía ser una combinación de todos los lugares posibles. Y me pregunto si ésta no fue la principal razón, vedada a sus conciencias, por las que eligieron ir allí.

Siguen la manada de viajeros encaminados hacia los carruseles de equipaje. Piernas sonámbulas los acarrean a través de la red de pasillos de luz estridente y espacios sin sombras. Valeria arrastra al niño de la mano. El niño camina con pasos cortos y débiles, y mira a la gente y los avisos con ojos extrañados.

—Muy moderno todo —le dice a su marido—. Tienen escaleras mecánicas.

Ernesto busca la hora local en la pantalla de llegadas. Son las 2:39 de la tarde; es decir… calcula con dificultad: dos menos veinte de la mañana hora argentina. Necesita reajustar su reloj, pero ya habrá tiempo para eso. ¿Moderno? Se ve nuevo, eso sí, como si todo hubiese sido construido ayer; y probablemente haya sido así, no hay modo de saberlo. Todo ha sido dispuesto para ellos, como una maqueta o un escenario. Los pisos, alfombras, columnas; nada puede adherirse a estas superficies, a estos materiales sintéticos diseñados para un transitar perpetuo y libre de rastros. Ni el agotamiento, ni el terror, ni la furia.

*

Bernard Moreau fue el primero en venir. Sabemos que nació en 1747 en Limoux, Francia, en el seno de una familia de la nobleza provincial que se había ganado, tras el esfuerzo de tres generaciones, un lugar en la aristocracia militar. En 1770 Moreau fue nombrado capitán en la marina española luego de que España y Francia acordaran compartir sus fuerzas militares. Fue durante esta época que Bernard oyó hablar por primera vez de la Ciudad Encantada por boca de los oficiales que habían servido en las colonias americanas.

Trapalanda, el Rey Blanco, la Ciudad de los Césares, El Dorado: Todas estas historias parecen tener orígenes en común, y por más de dos siglos condujeron a aventureros, sacerdotes y cazadores de fortuna a internarse en las inhóspitas tierras del sur en busca de oro, plata y almas que salvar. Ya desde sus comienzos, el descubrimiento y saqueo del continente fue impulsado por las leyendas y geografías imaginarias legadas por el medioevo. Colón deseaba alcanzar Cipango y el Catay, las tierras descritas por Marco Polo y Mandeville que desbordaban de especias, oro y joyas preciosas; el hogar de dragones, diablos, amazonas, unicornios y sirenas. Poco después, Americo Vespucio describió un viaje fantástico en el cual había visto montañas de oro y esmeraldas, y la historia lo recompensaría dándole su nombre al continente nuevo. La Argentina fue colonizada gracias a estos cuentos y su nombre mismo deviene de éstos. Los sobrevivientes de la expedición de Solís, la primera en adentrarse en el Río de la Plata, volvieron a España con rumores de una civilización fabulosa donde había montañas de plata sólida y una ciudad gobernada por un monarca cubierto en ornamentos brillantes de metales preciosos: el Rey Blanco.

Con el tiempo, la leyenda cobró vida propia y se propagó por la región. Se decía que la abundancia de minerales preciosos en aquellos reinos era tan formidable que sus habitantes cenaban con utensilios y vajilla de oro y plata. Vivían en edificios suntuosos de mineral tallado con piedras preciosas incrustadas. Decían algunos que la ciudad se hallaba en el medio de dos montañas, una de oro y una de diamante, y que la refulgencia de sus torres y tejados se podía avistar desde una gran distancia. Los habitantes eran blancos, rubios y de ojos azules. Hablaban una lengua ininteligible para españoles e indios por igual. Eran inmortales e inmunes a la enfermedad. Se creía que la ciudad era invisible para los que no eran nativos, pero que podía ser vista momentáneamente durante el ocaso y en los viernes santos. Otros decían que era una ciudad errante que cambiaba continuamente de posición; aquellos que desearan encontrarla debían permanecer en un mismo lugar por el tiempo suficiente. La leyenda inspiró un flujo constante de expediciones fracasadas, de las cuales la de Moreau es la última que se ha documentado.

*

El tiempo fluye como en un sueño febril. La lengua inglesa (hablada, murmurada al pasar, escrita, anunciada, titilando en las pantallas) es un recordatorio constante de que están en otro lugar. Los carteles indican una profusión de no-lugares: salidas, baños, puertas; terminales, escaleras mecánicas, información. La mano del niño es pesada y húmeda. Ella lo arrastra, hechizada por las propagandas que ocupan paredes enteras. Hay toda clase de productos seductores y desconocidos.

—¡Claro! Acá todo es importado—Valeria le dice a las paredes.

Ernesto escudriña las imágenes de modelos con piel de durazno que saltan a su mirada ofreciéndole cerveza, ropa interior, tarjetas de crédito; oficiosos subalternos de un infierno etéreo y bien iluminado.

Llegan al área de recolección y permanecen de pie observando, como pescadores al acecho, las valijas, cajas y bolsos que pasan. Ernesto observa que no hay dos piezas de equipaje iguales y se pregunta cómo es posible eso. Una por una, identifican las suyas y las apilan precariamente sobre el carrito. Estas cuatro maletas y dos bolsos de lona es todo lo que queda; apenas pueden reconocerlas contra el fondo de este paisaje ajeno. ¿Qué están haciendo acá éstas, nuestras cosas? ¿Qué estamos nosotros haciendo acá? En cualquier momento una mano demoníaca se sumergirá en la bañera del mundo y sacará el tapón.

*

En noviembre de 1776, Moreau partió a la Argentina bajo el comando de Cevallos, el nuevo gobernador y comandante militar supremo del flamante virreinato del Río de la Plata, el cual comprendía Argentina, Uruguay, Paraguay, Bolivia y Perú.

Durante el año siguiente, Moreau sirvió bajo el mando de Cevallos en sus campañas a través de la orilla oriental, reconquistando posiciones portuguesas. Entonces, mientras avanzaban a través de Río Grande, llegaron noticias de que el rey de Portugal había muerto. Su viuda, la hermana del rey de España, asumió el poder. Se firmó un tratado que asignó la franja este a los españoles, dando por terminada la campaña.

Moreau siguió a Cevallos a Buenos Aires. La ciudad se estaba estableciendo como el principal punto de acceso desde España, el centro comercial y político más importante de las colonias americanas. El puerto era también un nido frenético de contrabando con los holandeses, ingleses, franceses, portugueses y norteamericanos.

Promovido a General, Moreau creó su propio regimiento, liderando incursiones al interior para defender las fronteras de ataques indígenas. Mientras, juntaba información, hablando con los colonos y vagabundos que encontraba. Se hizo amigo de José de Vértiz, el sucesor de Cevallos, quien reconocía la importancia de explorar la Patagonia. Así la expedición fue propuesta con el objetivo de cartografiar la región al oeste, la franja al pie de la cordillera, y de paso encontrar la ciudad del Rey Blanco.

En su cabeza, noche tras noche, ladrillo por ladrillo, manos invisibles construían las casas de plata y oro. Brillaban tan intensamente en sus sueños que a menudo el fulgor lo despertaba y se quedaba sentado en la oscuridad viendo los vestigios de la ciudad desvaneciéndose en el horizonte de su cuarto. Durante el día entrenaba a sus hombres, preparándolos para los escarnios de las pampas, los hielos y las alturas. Quizás el sueño haya empezado como un delirio de fama, fortuna o títulos reales; pero ahora la visión lo arrastraba con su propio ímpetu, como los rápidos de un río todavía sin nombre.

*

Esperan en la cola de la aduana envueltos en una ansiedad distante. Valeria le sacude el hombro.

—¿Estás bien, querido?

El niño cabecea vagamente. Quién sabe, piensa la madre, qué anda pasando en esa cabecita. Ven a los oficiales abrir bolsos, forcejear pestillos de maletas. Manosean los contenidos sobre mesas largas, metiendo las manos como disectores examinando órganos internos. Uno de ellos lleva un burro de juguete, souvenir de la región andina, a su oreja y lo sacude. Valeria advierte que algunos funcionarios dejan pasar gente sin siquiera tocarles el equipaje; dirige entonces a la familia hacia uno de los oficiales que parece más simpático.

El oficial los recorre con la mirada hasta reparar en Sebastián finalmente. Algo fugaz cruza por debajo de su rostro. —*Nothing to declare?*

Ernesto y Valeria piensan por un momento, luego sacuden sus cabezas unánimemente. El funcionario ojea cansadamente el equipaje. Mueve la mano, indicando la salida. —*Thank you, thank you* —le canta Valeria.

Ernesto deja que su mujer se encargue de los nativos; hasta ahora parecen agradables. Valeria habla inglés mesuradamente, con movimientos exagerados de los labios. Por muchos meses ha estado practicando, elaborado una lista de frases para cubrir todas las eventualidades posibles. *Excuse me, how do I get to the city? We are looking for a hotel to stay in. We want it not to be too expensive.* Cambian dinero, consiguen los datos de un hotel, y recogen mapas de Sydney.

*

Después de estudiar informes y varios mapas de los territorios del virreinato, el General Moreau concluyó que la ciudad debía estar en el borde de la Patagonia andina, hoy Santa Cruz. El cartógrafo del grupo, un tal Teniente Horacio Sánchez Donofrio, registró en una crónica las penurias que gradualmente mermaron la expedición. Los caballos fueron los primeros en morir y los hombres debían comer la carne cruda rápido, antes de que se congelara. Moreau es retratado como un buen militar, inspirando la lealtad de sus hombres aun cuando esto significara la condena de todos. Día tras día, contemplando las espesuras y horizontes, la mirada del general adquirió una profundidad intolerable que atravesaba montañas, vientos y las almas de los hombres.

Donofrio relata una anécdota que deja entrever algo de la personalidad de mi antepasado distante. Cuando marchaban, Moreau solía mirar a sus espaldas. Contemplaba las estelas de polvo que los hombres, caballos y carros dejaban al pasar. En las noches, después de que sus hombres se fueran a dormir, se quedaba mirando fijamente el humo de los fuegos cosquilleando la oscuridad. El General le contó a su subalterno que estas cosas le hacían recordar a la huella blanca de los barcos cortando la superficie de las aguas. Después de eso, Donofrio no podía ver el polvo o el humo sin pensar en el agua; la asociación era reconfortante y transportaba su mente lejos del frío y el agotamiento.

De los setenta y dos que partieron, solo cinco volvieron. Y no se sabe mucho más sobre Bernard Moreau. Nuestro apellido es el legado más presente de todos esos muertos que nos acompañan. Bernard Moreau no es más que un pasadizo en un sótano que se adentra en un abismo de tiempo. Aquí los nombres se pierden, pero la memoria universal subsiste. Sabemos que luego se casó con Amelié Bergsonier, nieta de colonos franceses pertenecientes a otra familia militar. Vertíz le asignó una posición cómoda en Aduanas. Y en aquel punto desaparece de la historia.

*

Valeria inhala profundamente el aire del nuevo mundo, un aire húmedo y fresco que anuncia lluvia. Se mueven por la vereda sin rumbo fijo. Sus miradas buscan la ciudad. Delante de ellos hay un estacionamiento: una estructura de cemento de cuatro niveles que aparenta ser tan grande como la terminal misma. A ambos lados hay cielo y llanura.

Ernesto empuja el carrito a lo largo de la senda peatonal. Le parece cada segundo más pesado. No puede reconocer ninguno de los automóviles. Ha leído que a los australianos les gustan los coches japoneses, lo cual tiene sentido, considerando la proximidad geográfica. Los taxis se ven japoneses también; en comparación, los taxis negros y amarillos de Buenos Aires parecen carrozas fúnebres. Pero recordar es un lujo. Hay que encontrar un taxi. Ninguna dictadura dura para siempre.

Valeria chequea el papel con los detalles del hotel. Las letras se deslizan sobre el papel frente a sus ojos, el significado fuera de su alcance; pero debe ser fuerte. Debe ser fuerte por él, Sebastián, quien ahora está mirando fascinado a un grupo de africanos vestidos con atuendos tradicionales: la primera gente negra que ha visto fuera de una TV. Valeria le aprieta la mano y tira.

—Estás transpirando —le dice a su marido—. Sacate ese saco.

Parece que es el carrito el que lo está guiando a él. Nada de riquezas, nada de títulos ni fama; apenas una vida decente lejos del pasado. Gira la cabeza, contempla a su esposa por un segundo y comienza a retorcerse, tratando de sacarse el saco mientras empuja la pila de equipaje. —¿No tenés calor, Sebastián? Está caluroso, ¿no?

—¿Dónde están los canguros, papá?

—Pronto. Pronto los vamos a ver. No les gusta mezclarse con la gente.

Se unen a una cola de personas empujando carritos, cargando valijas y bolsos deportivos. Los taxis forman otra cola. Sebastián señala un taxi que espera junto al cordón.

—¿Son coches de policía esos, mamá?

A su madre se le escapa una risa ahogada; le da una palmada ligera en la nuca. —No, por supuesto que no. Son taxis, ¿ves? Taxis.

Los taxis se tragan a la gente y equipaje, y uno por uno se desprenden de la calzada y desaparecen. Conseguir una casa, encontrar un trabajo. Sebastián tiene que ir a la escuela, ya se va a perder un año.

Cuando llega su turno, el conductor baja del taxi para ayudarles con el equipaje. Viste un uniforme: camisa de mangas cortas con solapas en los hombros y pantalones negros. Tiene piel oscura, una barba gruesa y un sombrero extraño, como un paño que envuelve su cabeza. Lo miran, inmóviles.

—*Do you want a taxi or not?* —pregunta, señalando el coche, y los Moreau vuelven a cobrar vida. Ernesto levanta una valija, pero su brazo falla y la valija cae sobre uno de sus lados, haciendo un ruido metálico como el golpear de ollas. El rostro de Valeria se contrae: ¿Habrán sido sus adornos? Intenta acordarse del nombre de ese país donde la gente usa turbantes.

Un rugido en el cielo y Sebastián levanta la vista. Un Boeing 747 se alza en el aire como un pájaro embalsamado y se enciende en llamas al recibir al sol. Así han venido, en el estómago de un pájaro que ahora lo ve a él desde arriba como a una hormiga.

Mamá estruja su hombro: —Vamos.

Papá le ayuda a subir al asiento trasero; Sebastián puede hacerlo solo y no necesita ayuda, pero papá siempre está apurado. Mamá le muestra una sonrisa temblorosa y sus ojos no sonríen; empuja su cuerpo suave e inmenso contra el suyo, acuñándolo contra la cadera dura de papá.

La puerta se cierra de un golpe y mamá le extiende al conductor el papel manoseado.

*

Mis padres fueron a Australia a escaparse de la historia. Pero la historia insistió en seguirlos a través de océanos y continentes. Ahora, aquí, me persiguen todavía sus espectros insomnes, para quienes el tiempo y el espacio son un mismo momento y un solo lugar.

La vida de al lado

Comienza con esa comezón familiar en la memoria, el reflejo que se dispara al ver un rostro conocido que se resiste a ser recordado. ¿Cuál era su nombre? La mujer increíblemente bella espera en la vereda opuesta de York Street entre el enjambre uniformado de oficinistas y esclavos corporativos de las horas pico. En los escaparates del Queen Victoria Building, los frígidos maniquíes enmarcan su figura.

Ciertamente, Tom la reconoce de algún lado. Su imagen parpadea entre las sombras de los buses que circulan en ambas direcciones. La mirada triste y azul de la mujer se pierde en la bocacalle en dirección al Town Hall. Tom la percibe como una serie de atisbos, un sueño fragmentado. Tendrá unos treinta y tantos años, su pelo es oscuro y rojizo y familiar; aunque su corte era muy diferente en aquel entonces... La mujer ignora con esfuerzo las miradas cansinas y la presencia glutinosa de la muchedumbre. Por momentos su mirada se sacude y tiembla para revelar un ansia contenida. Apenas parece registrar los números de los buses.

Tom se esfuerza por recordar de dónde se conocen. Una amiga de Joanna, quizás; es lo más lógico. Sin embargo, su relación con ella ha sido profunda, la conoce muy bien. Súbitamente es imperativo no perderla de vista, si solo pudiera recordar por qué…

En algún momento inadvertido la sensación ha perdido su carácter ordinario. La íntima familiaridad de su presencia le despierta una extrañeza próxima al terror, algo más poderoso y desconcertante que cualquier *déjà vu*. Su imagen entrecortada es lo único real en el tumulto de la calle. Tom ha ahondado en esos ojos por horas sin fin, en la primera luz de miles de amaneceres y bajo los últimos resplandores del día.

Ahí viene el bus de Tom, el 373 casi lleno. Lo percibe desde una distancia, pero no puede moverse, no puede apartarse de ella. El bus se detiene y obstruye su visión. Observa a la hilera de viajeros subir. El próximo bus viene en doce minutos, le dice una voz de lejos. Cuando el bus parte, ella no está. Tom se queda mirando fijamente el lugar donde la ha visto por última vez.

*

La busca la tarde siguiente y todas las tardes del resto de la semana. Cuando la vio esa primera vez, Tom había dejado pasar el 373 de las 6:26 PM. Había salido tarde ese día. Al día siguiente, trabaja una hora extra para salir a las 6:15 PM y llegar a la parada a las 6:22 PM. Pero parece que ella también cumple horarios irregulares; es lo usual hoy en día, trabajar horas extras impagas para mantener el filo competitivo. Las tardes se suceden y ella no aparece.

"¿Por qué llegaste tarde toda esta semana?"

Joanna está de pie, inclinada sobre la mesa de la cocina; en sus brazos extendidos corre un entramado de venas finas y purpúreas. Él no ha pensado en una excusa. Su mirada se aparta, una defensa ya habitual, y se pasea por la cocina de un modo automático. Repara en las cosas nuevas que Joanna ha comprado para la casa: un mantel rosa, un porta-sahumerios, una docena de vasos de vino. Es su terapia; ella va de compras y a yoga, mientras él bebe. A él le causa repugnancia la mundanidad de la escena, la última luz del atardecer golpeando contra las persianas entrecerradas, el pelo de Joanna sin lavar y embadurnado con aceite de coco, *The

Australian en la mesa, ¿por qué lo compra ella si nunca lo lee? De a poco ella ha ido borrando las cosas de Tom, todos sus rastros; de a poco ella ha tomado posesión de todos los espacios y rincones de la casa.

La mirada de ella también se aparta; sabe lo que Tom está pensando. "¿Por qué insistís en trabajar tiempo extra?" Gira su cabeza y lo contempla tristemente. "No me avisaste".

Tom la evita, pero percibe el brillo de su mirada de reojo. El tono puede ser acusatorio, enojado o simplemente indiferente. Todo en sus vidas es así de ambiguo, sombrío, insincero.

"Estamos instalando un nuevo sistema", dice con evidente falta de convicción.

Joanna ahora ha decidido lavar las ollas de la noche anterior. Se inclina sobre la pileta. Por un tiempo se escucha el correr del agua, el rechinar de ollas y el fregado de la esponja. Al cesar estos sonidos, se revela el silencio debajo. Silencio suburbano, los pájaros coreando sus mensajes, de vez en cuando pasa un auto. Él conoce bien esa sonrisa nerviosa y despectiva.

"Me importa un carajo si estás teniendo un affair. Sólo soy curiosa".

"¿Un affair? ¿Dónde? ¿En el bus?"

La distancia les viene bien. Ella pinta, tiene su círculo de amigos. Doce años de casados. Quizás se separen cuando terminen de pagar la casa, pero no antes.

*

El día laboral ya se esfuma en su recuerdo. Por suerte es uno de esos trabajos del que uno se olvida apenas se termina el día. Nunca le dio importancia a la política de la oficina, las llamadas de los clientes, la rutina, los sistemas y programas. Prueba diferentes horarios todos los días; sale de la oficina a las 5:26, 5:31, 6:10... Pero ella no está. Llega el fin de semana y se va como un suspiro.

El martes ella está allí de nuevo, en el mismo lugar en la vereda opuesta, frente a los maniquíes. Tom se ubica cerca del cordón de la calzada para poder verla mejor. Ella fuma un cigarrillo, y sus dedos largos y finos despiertan los recuerdos. Ella fuma doce por día, a veces hasta catorce si toma un vino. Vino blanco siempre excepto con las pastas y la carne. Toma nota de la hora: son las 6:24. Claro, la ha visto el martes pasado, ¿cómo puede ser tan estúpido?

Aquí se arrima el 373 de las 6:26 y él no puede parar de mirarla. El flujo de recuerdos se intensifica; recuerdos que no son, no pueden ser, suyos. Un lugar en la playa, ¿cómo se llamaba? Una casa de una planta, la verja de hierro oxidado, pintura verde descascarada que se quiebra entre sus dedos.

El bus se aleja y ella se ha ido. Tom ha registrado el número esta vez. 787.

Él recuerda ese número, claro, el 787. Y por un momento desconcertante los recuerdos brillan vívidamente en su conciencia, eclipsando el barullo de Sydney central en hora pico. Una niña, no puede tener más de cinco años, en piyama de paño azul, las rodillas sucias. El gentío enmudece, el ir y venir de los vehículos le parece algo absurdo y nauseabundo. La niña sonríe, la sensación de estar cayendo en el mismo lugar.

Mientras se aleja en el bus de las 6:38, Tom siente haberse dejado a sí mismo detrás, en la parada, o quizás se ha ido con ella en el 787. Lo que queda, abandonado en el asiento, es un cuerpo, un residuo cada vez más remoto de su alma.

*

Quizás todo sea una extraña fantasía sexual. La vida sexual de Tom y Joanna está moribunda, un reflejo de su vida afectiva, un reflejo de todo. Lo harán seis veces al año y solo cuando toman de más. O quizás sea un anuncio de la entropía de la mediana edad, esto tampoco le extrañaría. ¿Será así la afamada mediana edad? ¿Acaso tejerá elaboradas fantasías con cualquier mujer que se le cruce? Quizás la haya visto fugazmente en algún lugar, en la calle u oficina; quizás haya notado su belleza y su inconsciente haya construido una realidad hipotética alrededor de ella. ¿Puede ser él realmente tan infeliz?

El viernes, al salir de la oficina, Tom se dirige al estacionamiento de la torre corporativa. Los niveles subterráneos idénticos solo se distinguen por sus colores. Letras y números marcan las pesadas columnas de concreto. Hay olor a encierro, a aceite de auto y a orina. ¿Dónde ha estacionado el auto? Busca la llave en sus bolsillos. Seguro que, si tiene la alarma puesta, podrá activarla a distancia y así encontrarlo. Como lo hace todas las tardes... K9 violeta... K10, K11... Desciende un nivel. Naranja, H32, H33... Pero no encuentra las llaves. En su mochila, quizás. Autos caros, ejecutivos, no puede ser aquí. Se esfuerza por recordar cuándo fue la última vez que tuvo un auto. Y entonces cae en la cuenta de su error.

Tom no tiene auto. Toma el bus todos los días de regreso a su casa.

Piensa en Samantha... ¿Se llamaba así? No, es Joanna. Gira sobre sus tobillos. El lugar se ha tornado opresivo, aplastante. Los techos bajos, las vigas y columnas, los muros distantes y sin ventanas; todo se cierne y cierra sobre él. No hay aire, no puede respirar. Busca el signo de EXIT más cercano. Un Pintara, allá por el 2006... Está sudando torrencialmente pero no puede decidir si tiene frío o calor. Abre la puerta de salida con un empujón y asciende las escaleras con cuidado. El pozo de la escalera es aún más estrecho y asfixiante. Olor animal. Sabe que las escaleras, así como las rampas y niveles, continúan infinitamente en todas direcciones, hacia el corazón de la tierra y hacia los cielos. En uno de los descansos, Tom detecta luz visible entre las rendijas de una puerta. Empuja y, al emerger a la luz del día, lo recibe el aroma lejano del océano, una ráfaga límpida y efímera. Sal, olas, guirnaldas de espuma. La luz del sol golpea sus ojos, la calle, el mundo. Se arranca el saco como un pedazo de piel vieja. Unas monedas caen de los bolsillos a la acera; tintinean, brillan, caen en la alcantarilla. ¿Qué está sucediendo? *¿Quién soy?* Gradualmente recupera su aliento. Se limpia el sudor de la frente con su camisa y contempla la mancha mugrienta en la manga. Se recuerda a sí mismo su nombre, su edad, el nombre de su mujer, el número de bus que toma todos los días laborales. Todo vuelve; el mundo, su mundo, se asienta, pero de mala gana. Como si el mundo no quisiera estar allí. Hora pico, olor a comida chatarra, café, transpiración, smog. Aquí viene el 373, un asiento con ventana, una humilde victoria.

*

Calcula que esta es la cuarta vez que la ve en la parada. Quizás sea martes, a él ya no le interesa saber. Apenas ella toma su lugar predeterminado y asume su pose defensiva, Tom se dirige al cruce peatonal. No sabe lo que está haciendo, no quiere saber. Quizás esté confundido, quizás esto sea un error, pero debe terminar esta locura de una vez por todas.

Se dirige al patio con su hija en brazos. Un camino de ladrillos ondula por entre camas de flores y de hierbas. En el último promontorio de pasto al borde de la playa, la mesa de plástico blanco con las sillas haciendo juego. Las ha visto volarse cuando hay viento y ha tenido que ir a buscar las sillas al océano un par de veces.

Al acercársele sus miradas se cruzan, pero ella no aparenta reconocerlo. Tom desea abrazarla. Por un momento, instintivamente, gira hacia un lado para evitarla. Sabe exactamente cómo es besar su largo cuello, conoce bien la cálida electricidad en sus manos al recorrer los huecos y curvas de su cuerpo.

¡Te perdiste sus primeros pasos hoy! Deberías haberla visto... El rojo te sienta bien...

Tom es consciente de su ruinosa apariencia. No duerme bien, ha perdido el apetito, se pelea con Joanna todas las noches y todo lo que ve en el espejo en las mañanas es un borrón.

El océano tiene muchas caras. ¡Es increíble la cantidad de ropa que la pequeña usa por día!

"Discúlpame".

Ella se sacude, arrancada de su letargo. Su sorpresa se transforma en alerta, luego hay un atisbo de miedo y su rostro se encaja en un semblante inexpresivo. Es ella, sus ojos lo miran con esa distancia estudiada que él recuerda bien. El perfume de ella, floral y punzante, le hace pensar en arena.

Ella se ve diferente. Está más flaca. Sus ojos se ven cansados, su cuerpo está tenso y a la defensiva.

"¿Sí?" Su voz es tal como él la recuerda.

"Te conozco de algún lado". Está saliendo mal, es la frase más vieja del mundo. ¿Vienes seguido por aquí? El ceño de Samantha se contrae, tres arrugas perfectas nacen en su frente. "Es que... bueno. Perdón. Mi nombre es Thomas... Tom..."

Los párpados de la mujer se entrecierran y lo observa con hostilidad. Se está yendo, la está perdiendo.

Papá, ¿cuándo va a volver mamá?

Samantha... ¿Cuántas veces habrá gritado, murmurado, reído, suspirado aquel nombre? La atención de los oficinistas está congregándose alrededor de ellos. Puede verse a sí mismo a través de sus ojos. El tipo de sinvergüenza que encara a las chicas en las paradas de bus. Los labios de ella se retuercen. Dolor... Tom cree comprender. Sin embargo, lo que cree comprender es imposible.

"Tom", dice ella para sus adentros. Lo que destella en su mirada es reconocimiento, pero no del tipo que él está buscando.

Está guardando la podadora en el galpón. El olor embriagante del pasto recién cortado. Las nubes, va a llover. Una voz detrás de él. La voz de una niña.

"¿Qué clase de broma enferma...?" Ella no termina la pregunta. Sus lágrimas borbotean, inundan sus ojos y corren por sus mejillas.

La niña mira la televisión. Sombras de colores se agitan en la pantalla. Está vestida muy elegante, con un moño en su pelo lavado y bien peinado, seguro que va a ir a la fiesta de cumpleaños de una de sus amiguitas. En su mirada, una infinita capacidad de asombro.

Tom siente las sombras que se acercan y se apelmazan alrededor. Se escuchan voces. Hombres. ¡Ey, vos! Dejala en paz. Él se repliega y camina hacia atrás ciegamente. ¿Está usted bien, señorita? Intenta arrancar su cuerpo del aura de su presencia, gira sus caderas, busca el cruce peatonal. Tropieza, logra mantener el equilibrio y se lanza a través de la calle sin mirar. Un bus se le precipita encima y Tom apura sus pasos. Todo a su alrededor son sombras difusas, formas indescifrables. Es increíble que haya logrado cruzar sin que lo atropellen, pero finalmente se encuentra a salvo en la vereda opuesta. Las masas chirriantes de los vehículos lo ocultan de las miradas de la gente al otro lado de la calle. Tom siente un alivio pasajero. Gira a la izquierda y camina sin rumbo, lejos de allí. Le parece que todos lo están observando acusadoramente en la periferia de su visión. Sus pies parecen resbalar en el mismo lugar, como en un sueño.

*

Es difícil dejarla así, así de desconsolada. Debe hacer un enorme esfuerzo por no mirar atrás. No puede volver a casa. Le deprime la mera posibilidad de ver a Joanna, de mentir de nuevo, de mentir todo el tiempo.

Está flotando sobre la calle, es un fantasma, el río negro de la ciudad se escurre a su alrededor. Sus pies martillan las baldosas, esa sensación angustiante de estar siendo observado. Por nadie en particular, quizás por la ciudad misma. Llega a Liverpool Street y gira a la derecha sin pensar. Avista un letrero. The Spanish Club, allí estará seguro, aunque sea por unos momentos. La oscuridad desciende en las calles, las sombras salen de sus escondites. Firma el libro de invitados y se sienta en una esquina lo más lejos y resguardado posible, debajo del televisor sintonizado en un ruidoso programa de concursos en español. Observa a los clientes del lugar subrepticiamente. Nadie parece sospechar nada. Tom cree ver otros rostros, sombríos, agitándose bajo los rostros; seres espectrales que imitan los movimientos, gestos y expresiones de sus anfitriones. Un mundo debajo del mundo. Frustraciones, oportunidades perdidas, una red incalculable de bifurcaciones sin retorno. Otros edificios debajo de los edificios, otras calles serpenteando por debajo de las calles. Ríos y venas formando un tejido murmurante y nocturno. El mundo es la muerte de infinitos futuros incumplidos.

Tom está muerto.

Ya va por su tercera cerveza. Una Amber, una Old, y otra Amber esta vez. Se las toma como agua, ya ni reconoce el gusto. Solo este mundo es real, se repite a sí mismo. Se aferra a las formas endebles que fluctúan por sobre las sombras detrás. Contempla su reflejo en la ventana y su imagen le parece más real que él mismo. Ahí está el verdadero Tom, un extraño observándolo desde detrás del vidrio.

El nombre había significado algo para ella. ¿Puede haber sido una coincidencia? Su mente se obliga a decirse que sí. Su estómago dice que no.

Tom está muerto. Debería llamar a ¿cómo se llama? Joanna, claro. Joanna… ¡Qué sonido absurdo! Joanna, Tom… Por la quinta cerveza, las cosas comienzan a encajar de nuevo en sus lugares correspondientes. Las sombras se aquietan hasta coincidir con las formas cotidianas y desaparecer detrás de ellas. Es hora de irse. Al levantarse de la silla, se da cuenta de lo borracho que está.

Tom está muerto. En algún lugar, en algún mundo, en algún tiempo.

*

Espera en York Street, el mismo lugar donde espera siempre. Es de noche y la calle está casi vacía. No recuerda cuál de los buses es el suyo. Quizás, si espera lo suficiente, alguno de los números le resulte familiar. Tiene miedo, miedo de que ella aparezca de nuevo. Se esfuerza por no mirar al otro lado de la calle, pero no hay nadie allí. Solo están los maniquíes, el viento, los escaparates anunciando a gritos la Temporada de Primavera.

Llega a la casa una hora más tarde y apenas alcanza el portón de entrada se da cuenta de que algo está fuera de lugar. La puerta de entrada está abierta y las luces del living y el comedor están encendidas. Se le ocurre entonces que han entrado ladrones. Pero adentro no han tocado nada.

La casa lo recibe en silencio; el estéreo está prendido, también el televisor y la computadora, pero sin volumen. La parte superior de la casa se encuentra en oscuridad.

"¿Joanna?"

Los libros, la mayoría son de ella, todos sobre yoga y cocina. Hay una mini-pizza ya fría en la barra de la cocina, sobre el mantel rosa. La guitarra que no ha tocado en más de dos años, juntando polvo; la lámpara en la mesa; el florero arabesco que él siempre ha odiado. Ahora el odio le parece ridículo, así como todo lo que ve.

Lo invade un impulso de correr, de huir de esta vida. Se da cuenta de que no es la primera vez que se siente así, siempre se ha dado cuenta. Sí, le gustaría irse. Así es todas las noches al regresar a este lugar, la casa, la casa de ellos, su casa, lo que sea.

Un zumbido de alarma en sus oídos. "¿Joanna?" Más fuerte esta vez. No hay respuesta. Se siente súbitamente muy sobrio. Sus pies pisando la alfombra producen un sonido hueco, un vacío en sus oídos. Se encamina hacia el piso de arriba. Cuando tienen una discusión, Joanna siempre se encierra allí, en la habitación, bajo las sábanas, pero nunca ha expresado su descontento de este modo, dejando la puerta abierta, abandonando todo de repente.

Al subir la escalera el sonido de sus pasos sobre los peldaños de madera le resulta ensordecedor. Manos invisibles aprietan su cuello y su garganta.

Tom se apoya sobre el marco de la puerta. A medida que sus ojos se acostumbran a la oscuridad, la silueta de la mujer emerge de las sombras. La cama deshecha, el brillo lechoso de las sábanas, la ventana semiabierta, ese cuadrado recortado de mundo de siempre. Contempla a su mujer sin saber qué hacer. Ella oculta su rostro entre sus manos crispadas. Está completamente vestida, con el overol que usa para pintar, manchado de pintura de varios colores.

Luego de un tiempo ella eleva su mirada, sus ojos rojos e hinchados, y la dirige a la ventana. Parece no haber notado su presencia todavía, la presencia de Tom. Él se dirige hacia ella con esfuerzo, luchando contra el aire denso, gelatinoso.

Joanna extiende su mano y arranca un manojo de pañuelos de papel de la caja sobre la mesita de luz. Al notar su presencia, su garganta expira una bocanada ahogada, como un grito distante, y su mano se detiene a mitad de camino. Sus dedos tiemblan, suspendidos en el aire, y apretujan el papel. Lo estudia como si él fuera un extraño. Por un momento parece que va a llorar de vuelta, entonces lo reconoce y algo vuelve de la vieja Joanna, la Joanna de siempre.

Él se sienta a su lado. Luego de un tanteo torpe, pone un brazo alrededor de sus hombros en una posición incómoda para él. Se mueve lentamente, no quiere quebrar la frágil inquietud de la habitación, el precario equilibrio de Joanna meciéndose sobre el abismo… ¿Cuándo habrá sido la última vez que ha mostrado un gesto tan espontáneo hacia ella? Un gesto no de amor, pero de preocupación, aunque sea eso. Se sostiene muy inmóvil, rezagado, el brazo le duele y comienza a temblarle. Espera a que la habitación acepte su presencia, que el aire circule de nuevo, que el mundo comience a respirar. La cortina se estremece, el único indicio de que el tiempo transcurre.

Abre la boca, trata de decir algo, y se calla. Ella está temblando; él la acerca a su lado y la aprieta contra su pecho. Para su sorpresa, ella no se resiste. Permanecen así. La luz va cambiando, las sombras cruzando la habitación en puntas de pie, el temblor en sus cuerpos de a poco se aquieta. Los primeros signos de una migraña aprietan las sienes de Tom. Parece que la resaca está llegando antes de tiempo.

Joanna habla:

"Estoy muerta, Tom".

Le lleva unos instantes registrar las palabras.

"Muerta", repite él. "¿Cómo? ¿Qué querés decir?"

Ella gira su cabeza para mirarlo de costado, por entre su pelo enmarañado; parece estar tratando de reconocerlo de nuevo. Luego su mirada se aparta y se pierde en la oscuridad.

Las palabras de Joanna parecen venir de ninguna parte. "Estaba volviendo de lo de Therese", dice, su voz débil y quebrada. "Casi tuve un accidente. Bueno, sí tuve un accidente. ¡Dios, Tom!" Su nombre le suena poco familiar. Es el nombre de algún otro.

Ella continúa su relato y él hilvana las palabras en imágenes, reconstruyendo la historia de Joanna en su imaginación. Ella está manejando el Mazda rojo por las rutas del noroeste de Sydney, pasando por el área de Frenchs Forest. Está cantando al son de un tema de Bon Jovi en la radio, pensando en casa, en lo que habían hablado con Therese. En las calles que ondulan alrededor del Parque Nacional, al tomar una curva y ver un camión de nafta girando despacio, Joanna baja la velocidad bruscamente. Los neumáticos chirrían y el auto vibra. El volante se sacude en sus manos. Finalmente ella logra retomar control del vehículo, pero su corazón está saltando en su pecho. Debe encontrar un lugar para descansar y reponerse.

Por un momento una visión nubla la vista del mundo real, una ansiedad clara y filosa. Como si lo hubiera vivido antes o lo tuviese que haber vivido. "Pero no fue un *déjà vu*, Tom. No era un déjà vu para nada". Tom puede verla, ver su muerte detrás de sus párpados. Detrás, en algún parapeto de esa curva, yace el auto destruido, en llamas, y ella muriendo adentro. Su piel arde y se pela, el tormento abrumador corroe su carne y extingue su conciencia. Es solo un momento, como un relámpago. El fuego líquido consume los músculos, el furioso estallido lima la superficie de los huesos. Todo termina allí, en un eterno abrir y cerrar de ojos. El cuerpo no responde, todo es oscuridad. Ella puede ver la oscuridad como una pantalla enfrente de sus ojos, excepto que ya no hay ojos. Una imagen remanente se extingue; la brumosa realidad detrás, la silueta del camión, las luces rojas como ojillos que la miran, los árboles quietos en la noche. Ella se obliga a parpadear, agita su cabeza, trata de despertarse. Detiene el auto al costado de la ruta. Esta aquí, está aquí, todo está bien, se repite para sus adentros. Todo ha sido una extraña pesadilla. Excepto que no lo ha sido.

Permanecen así. No hay luna esta noche, solo el resplandor artificial de los suburbios, una luz mugrienta y amarillenta ahogada entre las sombras. Tom tiene miedo de prender la luz y ver lo que lo rodea. Ver el rostro de Samantha, o Joanna, o quién sea. Deja que el tiempo se arrastre, que la noche se los lleve. Las sombras se alargan. En la ventana, el mundo es el mismo. Excepto que no lo es.

Fin de temporada

Por alguna razón prefiere a eso en su versión hombre. Ella ama los ojos de obsidiana y la cúpula pensativa de su cráneo; ama las ondas de músculo pálido estirado sobre los huesos, las costillas, los huecos en el cuello y las mejillas. Le fascina jugar con el instrumento rebosante de su sexo que anida en la ingle, con su intrincado encaje de venas púrpuras y su ojo irreflexivo de carne.

Pero este *eso*... Le da miedo a veces.

Al verlo trepar fuera de la nave, Calista siente la habitual mezcla de expectación y desasosiego. Ella es una adicta, se da cuenta; adicta a las secreciones de su propio cuerpo, su excitación, sus estados de ánimo extremos que oscilan entre ensueño catatónico y ataques de ira destructiva. Lo primero que nota es que es más viejo. Otra temporada ha transcurrido. ¿Ya? Puede ver que está cambiando, convirtiéndose en un él otra vez. Probablemente un par de días más; una semana a lo sumo.

Ella da un paso atrás. "Bienvenido a casa, Duncan", lo saluda, tratando de inyectar un poco de alegría en su voz. "¿Hay algo de acción ahí afuera?"

Duncan se detiene, sorprendido, registrando la presencia de la hembra por primera vez. Deja escapar un silbido bajo, un sonido que ella interpreta como un suspiro de desilusión.

"No mucho, ¿eh?"

Su ojo multifacético la evalúa rápida pero profundamente. La mirada es como un fino rayo de luz buscando algo en una habitación oscura. ¿Has sido traviesa, Calista? *¿Has jugado en los laboratorios mientras he estado fuera? ¿Has manipulado las máquinas?* Pero ahora hay nuevos rincones en su alma, lugares secretos de los que Duncan no sabe nada.

Mientras Calista se acerca para besarlo, la mirada sigue buscando algo en su expresión; no está claro qué busca, ni siquiera para eso mismo. Calista sólo sabe que un día se encontrará el signo elusivo y que su tiempo entonces habrá llegado a su fin.

*

Fornican, follan, trincan, cogen. La piel de Duncan está fría a causa de los viajes y sus ojos están vacíos. Cada vez que regresa, trae consigo una bocanada del Vacío, el ticktock de la entropía. Juntos, en la gran cama de baja gravedad en el dormitorio principal, montan las corrientes violentas, el vértigo del infinito. Es como si Duncan, después de semanas de crucero a través de la nada, estuviera tratando de compensar por tanta nulidad y oscuridad, tratando de absorber el calor humano de la hembra en una sola ingesta gigantesca y arrancarle salvajemente el centro viviente de ella.

Eso toma la teta de Calista entre dedos de pelaje largo, sucio, morado; sus entrañas se estremecen bajo la piel vítrea. En sus manos, la teta se vuelve un grial, un símbolo del anhelo de Duncan por ser un hombre de nuevo, o lo más cercano a hombre que se puede pedir estos días. Pero ahora hay algo más, algo que Calista nunca ha visto antes. Duncan parece... ¿aterrado?

Ella envuelve sus piernas alrededor de eso y lo monta nuevamente. Cuando se acercan a otro clímax, ella lo sujeta a la cama con sus miembros y lo aprisiona hasta que eso deja de moverse. A Calista le gusta saborear su miembro dentro de ella, sentir las pulsaciones, sus ríos reventando de sangre. El sexo de eso se convierte en una parte de ella, una extensión de su sistema nervioso. Su placer es su placer; su miedo, su miedo. En esos momentos de quietud ella busca en su propio Vacío, que también es el Vacío de Duncan, que también es el Vacío allí afuera envolviéndolos, inmenso e indiferente, tramando lentamente sus muertes y la muerte de todo detrás de cortinas de hielo y flujos cada vez más caudalosos de temporalidad inexorable.

El punto culminante siempre es una decepción, la ola de éxtasis seguida demasiado pronto por un espasmo físico de asco y saciedad. Los órganos internos de Calista se estriñen a medida que las células comienzan a asimilar el semen. Sin embargo, el mareo pasa rápidamente y ella lo monta de nuevo tres veces más.

La cópula de bienvenida dura casi dos días. Duncan es casi un hombre al final. Su exoesqueleto se desprende pieza por pieza, su piel se separa de la carne y otra capa crece debajo. Se detienen sólo para beber la comida de las máquinas y limpiar los restos de la transformación. El magnífico cielo preside sobre su ritual, porque el Vacío puede ser bello a veces; el arco de Annubis D se cierne sobre ellos, subiendo lentamente por la bóveda del techo hasta llenar toda la vista. Entre los orgasmos advierten la superficie verdosa del planeta muerto mirándolos desde lo alto, suavemente veteado de corrientes de gases volcánicos rojos y nubes de color azul cobalto. A medida que la estación se desplaza en su órbita, la vista de Annubis D se aleja y el cielo ennegrecido aparece de nuevo. Una a una, vuelven las estrellas, las pocas que quedan, sus pequeñas llamas punzando la distancia.

Entonces Annubis D emerge de nuevo y el ciclo se repite.

Se echan en el lecho, exhaustos. Las bienvenidas rituales son cada vez más cortas; ella aún recuerda cuando solían durar semanas. Las energías de Duncan parecen estar disminuyendo. Es una lástima, porque Calista siente lo contrario: se siente vigorizada, más joven, fuerte. Es como si la vida de Duncan poco a poco se estuviera transfiriendo a ella.

"¿Me llevas contigo la próxima vez?"

Él toma un largo tiempo en responder. Su mirada escanea el cielo.

"No te va a gustar ahora. Hay menos cosas para ver. Ya casi nada".

"Pero me siento muy sola aquí".

"Tienes las máquinas. Y la biblioteca".

"No son suficientes".

"Por favor, Cal. No estoy de humor para esto".

Las cosas habían sido diferentes unas temporadas antes. Ella había sido autorizada a viajar con Duncan. Navegaron a través de las hebras remanentes de lo que habían sido galaxias. Ella ayudaba con la cartografía y la recolección de la sensoria. Diseminaron las nubes de máquinas exploradoras, diminutos ojos artificiales que cazaban con avidez todo rastro remanente de vida y los lugares del universo donde todavía había actividad termal. Copulaban y luego se echaban a contemplar el gran espectáculo del Vacío, que no había parecido tan amenazador en aquel entonces. A veces les decían a las computadoras que procesaran y erotizaran los colores de las nebulosas y las lunas que quedaban. Grababan las canciones vagabundas de la radiación y las canalizaban en sus espinas vertebrales. Sus fornicaciones adquirieron una cualidad diferente, y Duncan y Calista se unieron en una sola conciencia como una pira de fuego retorciéndose y fundiéndolo todo. Gritaron, se hirieron, levitaron, cruzaron innumerables dimensiones prohibidas. Luego, las estrellas se apagaron y los planetas comenzaron a desintegrarse. El enfriamiento se notaba en todas partes y estaba aumentando de manera exponencial. La actividad se desplazaba a focos cada vez más aislados. Recuerda algunas de las últimas sensoria antes de que Duncan las hubiera guardado en un rincón secreto de la biblioteca. Recuerda superficies estériles de roca, crepúsculos grises, océanos hirvientes. Había sentido las picaduras del hielo a través de las grabaciones, el odio en los cielos, el llanto de los vientos y las furiosas batallas químicas en su propia piel. Eran las señales del colapso, el gran movimiento hacia el interior del Vacío que culminaría con la aniquilación del tiempo y la identidad. La perspectiva de la muerte final angustiaba mucho a Duncan. Un día le dijo a Calista que no lo acompañaría más en sus viajes. Calista, en su aburrimiento, había decidido dejar de mirar pasivamente las viejas grabaciones. En cambio, reelaboraba la sensoria de la biblioteca, combinando las diferentes pistas en nuevos ensamblajes. Componía sus propios planetas con grandes ciudades nómadas de cristal y aves de largas alas que navegaban a través del éter turbulento. Nuevas criaturas de colores extraños y lenguajes complejos poblaron el Vacío. A través del control de sus potenciales eléctricos, sus recuerdos y pensamientos, Calista podía alterar las sensoria y hacer el universo de nuevo. Pero era difícil sostener estas fantasías cada vez más elaboradas y demandantes. Los lugares comenzaron a mostrar defectos y gradualmente se desintegraron en acumulaciones abstractas de sensoria recorriendo su cuerpo cada vez más insensible. Pronto hubo un solo planeta, el planeta Calista, un desierto de arenas azules y pequeños soles que bailaban caprichosamente a través de los cielos, una cosa sin vida ni lenguaje. Puede reescribir el universo, pero no evitar su fin.

"Voy a morir algún día, mi miel, mi amor. Pronto", le dijo Duncan al regresar de su primer viaje solo.

"¿Qué quieres decir?"

"Voy a ser no más. No como soy ahora, de todos modos. Mi cuerpo se romperá en fragmentos para unirse a los estratos inferiores del ser".

Ella entendió y la idea la llenó de terror.

"¿Eso significa que no vamos a gozarnos más?"

Él sonrió y desvió la mirada. Fue bueno verlo sonreír por un momento. Cuando él la miró de nuevo, ya no había expresión en lo que Calista interpretaba como su rostro.

Luego de lavarse van a los laboratorios. O, mejor dicho, él la sigue a ella. El deterioro de su cuerpo es cada vez más evidente. Con cada temporada que pasa, el material se desgasta, y los virus y defectos de copiado se acumulan. Camina lentamente y ella con frecuencia tiene que detenerse para que él la alcance. Se inclina sobre ella y sus ojos la observan de forma extraña. Pero está contenta de tenerlo a él, a su viejo padre y a su eterno amante de nuevo cerca.

Se detienen en la membrana de acceso al laboratorio y ella lo mira interrogativamente. Cuando era una niña, el mundo de la estación había parecido interminable y lleno de maravillas. Los laboratorios habían sido uno de sus lugares favoritos para jugar. Pero su mundo se había reducido considerablemente desde entonces, y ella ahora contempla su lugar de nacimiento con una especie de terror supersticioso.

"Vamos a entrar", dice él, hundiendo sus manos en la membrana. "Vamos a ver cómo van nuestros bebés".

La membrana cede; se mueven a través de los pasillos sinuosos, pasando puertas selladas hasta que llegan a una sala amplia y débilmente iluminada. En el centro de la habitación hay una hilera de recipientes cilíndricos de vidrio. Dentro de los contenedores, flotando en un líquido azul claro, hay docenas de embriones humanos unidos a las máquinas por gruesos cables umbilicales.

Duncan se inclina sobre las interfaces y examina las nubes de datos. Frunce el ceño y escribe algo en una de las nubes. Mientras trabaja, algo de su vitalidad juvenil retorna y las líneas de su rostro parecen desaparecer.

"Mierda", dice finalmente. "Esto no está nada bien".

Nuestra tasa de éxito es óptima, responde la interface. *Especialmente si tenemos en cuenta las circunstancias.*

Duncan echa una mirada a la hembra, luego vuelve a la nube.

"Niños estúpidos y enfermos", dice. "Ya no podremos corregir esto. Deshazte de todos ellos. Excepto quizás del número nueve. Parece que le está yendo bien, aunque la senescencia sea corta. Reemplacen las culturas y empiecen de nuevo".

El equipo rodeando a los contenedores emite un sonido sibilante. Al unísono, agujas emergen de la parte superior de los tanques y descienden en las cáscaras suaves de los cráneos. El ordenador bombea el veneno, una corriente espesa y marrón que fluye en los diminutos cuerpos y los disuelve rápidamente.

"¿Por qué me hiciste?", le pregunta Calista mientras los restos se drenan de los contenedores y las máquinas preparan el nuevo lote.

Evitando mirarla, Duncan sigue absorto en las nubes de data.

"Lo sabrás a su debido tiempo", dice finalmente.

*

No tuvo que esperar mucho tiempo. A pesar de que la rutina continuó normalmente, ella era conciente de la agitación de Duncan. Se ausentaba durante ciclos enteros para trabajar en los laboratorios. Había hecho algunos autómatas para entretener a Calista, pero pronto ella se aburrió de ellos y terminó destruyéndolos uno por uno. A la mayoría les cortó la cabeza con un láser mientras la seguían montando. A los otros les ordenó formar una fila y marchar dentro del dispositivo de basura más cercano.

"Quiero vivir hasta el final", Duncan le confiesa un día, luego de una sucesión de folladas inusualmente tiernas. "Entiendes eso, ¿verdad?"

"No", dice ella.

"Por favor, inténtalo. Estoy envejeciendo y es necesario que entiendas. Es tu destino".

"Puedo intentar".

"Es un desperdicio, ¿sabes? Todos estos millones de años de evolución para nada. Cuando llegue el Gran Colapso, tendré mi venganza. En el nombre de cada ser consciente que alguna vez haya existido, voy a ir por ese agujero de mierda riéndome. ¿Entiendes?"

"No. Las cosas nacen, crecen y mueren. No es gran cosa. Tú me enseñaste eso. Es una cosa difícil de aprender".

"Es tu destino", dice él, como si no escuchara.

*

El fin de temporada llega una mañana poco después de esa conversación. Ella se desconecta de las máquinas de la biblioteca y lo siente, algo pesado en sus huesos, como si su médula ósea se hubiera transmutado en plomo. Busca su propia imagen en las paredes cóncavas y pulidas de la biblioteca. Una parte de ella comprende. Una parte siempre ha sabido. Cuando no puede encontrar su reflejo en las paredes, se precipita a través de los pasillos; busca en las ventanas de la nave y en las superficies metálicas de las máquinas.

Lo descubre en una de las terminales de comunicaciones, un rostro distendido sobre la superficie de la membrana inactiva. Mira a su imagen durante mucho tiempo. Ella se ve diferente. ¿Mayor? No, no es eso. Parece...

Él.

De repente está muy fría. Duncan está de viaje, y por el resto del ciclo se sienta sin moverse, esperándolo. Sabe que él tiene que llegar pronto. Piensa en matarse, pero sabe que las máquinas no la dejarían. Ella sabe tantas cosas hoy. Todo es tan claro.

Cuando desciende de la nave, sus movimientos son tiesos y mecánicos. En sus ojos Calista ve volcanes y cúmulos de gas muerto. Pero, por sobre todo, ve la nada, un campo plano e infinito sin movimiento ni tiempo ni pensamiento. Está viejo, mucho más viejo. Sus articulaciones son nudos enredados y sus ojos están hundidos en pliegues de carne amarilla. Sus piernas se doblan y lo acarrean vacilantes. Su cabello se ha ido; sólo quedan dos mechones blancos flotando en las sienes.

Duncan la evalúa. Pero no puede sostener su mirada por mucho tiempo. Él sabe.

"Ven, Calista", dice.

Más tarde, en el dormitorio principal, mientras yace en la cama, desnuda, Duncan y un androide traen la máquina. Es una máquina que ella no ha visto antes, un artefacto flotante de agujas finas y ojos pequeños con un estómago insectoide de cromo pulido. Tantea los controles, alimenta un código en la nube de data, luego maldice y prueba de nuevo. La máquina se sacude y se extiende. Esferas de cristal giran en el aire sostenidas por tendones de aluminio. La máquina cobra vida y los observa, estudia, evalúa. Ella siente la mirada pesando sus huesos, midiendo sus líquidos internos, escuchando su respiración, sus pensamientos, el flujo de su sangre. Duncan extrae dos tubos delgados del cuerpo de la máquina y le ordena ponerse de pie. Ella vacila por un momento.

Entonces obedece, sabiendo que es mejor que la alternativa, mejor que resistir, mejor que estar sola o, peor aún, no creada. Mejor que envejecer.

Duncan inserta la punta del tubo en la base del cráneo de ella. Luego hace lo mismo con su propio cráneo, sondeando el cuello con los dedos enfermos hasta que encuentra el lugar exacto.

Se tienden en la cama. La piel de Duncan es de color pardo y cuelga en pliegues de su cuerpo. Ella sostiene su pene en su mano y lo masajea con ternura, en busca de un tic, el inicio de una erección. Es lento al principio, pero ella orquesta todo cuidadosamente, atacando sus centros de placer, impeliendo su viejo cuerpo hacia adelante, hacia adelante.

Entonces puede sentir lo que él siente y sabe por sus ojos que él puede sentir lo que ella siente. Están unidos en un bucle de retroalimentación. No hay secretos ahora. Él siente su propia piel rugosa a través del contacto de las manos de ella. Ella siente el ápice húmedo de su propia vagina, y sus labios vaginales magnificados y distorsionados por su lujuria. Ella padece su terror, el terror desnudo de una bestia enjaulada fulgurando en sus ojos inyectados en sangre. Ella añade su propio miedo y el ciclo se alimenta de sí mismo. El jugo de la electricidad carnal se vuelve una cascada ensordecedora. La intensidad de las emociones amenaza con desbordar sus cuerpos, estallar a través de sus pieles. Matarlos.

Sus cuerpos confusos y fragmentados se acercan al clímax, la pequeña muerte final. El miembro de Duncan crece hasta astillarse. Los músculos del esfínter se contraen y expanden como los labios de una boca hambrienta. La máquina preside lejanamente el proceso, computando las respuestas infinitesimales de sus nervios.

El mundo desaparece. Adiós, Duncan. No está segura de si dijo esto o si lo pensó. Es lo mismo ahora.

*

Se despierta, no puede moverse. Le toma unos momentos localizar su cuerpo, una cosa carente de sensibilidad o movimiento, colgando de su cuello. Sabe que algo está mal. Hay dolor, un dolor que no puede asociarse con ningún área del cuerpo en particular. Llega en oleadas, luego en gotas, luego en un súbito baño.

La vista es familiar. El Vacío de nuevo, visto a través de la cúpula de la habitación principal. Las pocas estrellas que quedan están mirando. Las estrellas moribundas.

Durante un tiempo no pasa nada. Trata de recordar, pero duele hacerlo; es como tocar una membrana magullada. Y sólo puede juntar pequeños destellos, una cara, una serie de paisajes. Fragmentos sin sentido.

Hay otra presencia en la habitación. Es consciente de ella mucho antes de ver a la figura delgada y de pelo largo, de pie. No puede reconocerla al principio. Y cuando lo hace, el reconocimiento arrastra consigo un caudal de recuerdos.

"Funcionó, Calista", dice la hembra. No es una pregunta.

Intenta hablar, pero no puede encontrar la boca. Se siente enfermo; cada célula de su cuerpo gira sobre sí misma. La hembra se acerca y lo inspecciona con cuidado, tal vez comprobando si está vivo. Ve el rostro que había visto antes en la membrana de la terminal.

Ve una mano, su propia mano, levantándose por su propia voluntad. La mano es de color marrón, decrépita. Siente el vértigo del nuevo-viejo cuerpo. Algo se retuerce en su interior como si el cuerpo estuviera tratando de desalojar a su nuevo huésped. El dedo índice se mueve débilmente, luego la mano se pierde de vista.

La hembra está diciendo algo, pero el significado de las palabras escapa a su comprensión.

"...átomos y flores ... la alarma ... pero ... casi es ... como el cumulativo... hermosa... cuerpo fuerte... yo... ¿verdad?... Gracias... muere... la vanidad y el orgullo... Adán y Eva... para nada... futuro... Al infierno con ellos".

Luego la hembra deja de hablar, como si se diera cuenta de que sus palabras no están siendo recibidas. Mira a Calista por una eternidad.

Fue bueno, piensa ella. *Mientras duró.*

La hembra arruga su expresión por un momento, luego sonríe. ¿Lo habrá oído? Calista espera.

"¿Quieres ir ahora?" ella dice. Tiene que repetir la pregunta varias veces.

En un rato.

Duncan asiente.

"Te daré veinte minutos". Da la vuelta para irse, luego se detiene. "Adiós", dice.

Nos vemos.

Yace allí, pensando en nada en particular. Siente un líquido caliente ingresando por la base de su columna vertebral y recuerda que aún está conectado a la máquina. Algo del dolor se desvanece, y los colores y las formas se vuelven más nítidos.

Gracias.

La estación continúa su órbita. Los primeros atisbos de Annubis D emergen en la esquina inferior de la cúpula. La atmósfera es como el halo en la cabeza de un ángel gigantesco.

Cuando su tiempo llega a su fin, la máquina emite un comando y otra ráfaga de líquido, esta vez de naturaleza muy diferente, inunda su columna vertebral.

Calista cierra los ojos de él.

El gran enfriamiento

Otros coleccionan estampillas, boletos de tren, figurines de *Star Wars;* Fernán Fernández colecciona entropía.

—Zanderz & Neo es una corporación de grandes ideas—, le está argumentando al equipo —Todos los días lidiamos con el Amor y la Muerte, el Caos y el Cosmos. Somos una empresa a la vanguardia de la creatividad y la innovación, y no tenemos miedo de abordar una visión global.

Su esposa Fernanda está empezando a preocuparse seriamente por él. Su hijo Renán, por el contrario, tolera la excentricidad de su padre con cara de poker... pero de nuevo, como Fernanda siempre dice, él no tiene que vivir con ello.

—La Entropía— Fernán entona, levantando los brazos en un gesto calculado para parecer espontáneo— es la más sexy y la más importante de todas las ideas modernas. No es difícil dejarse seducir por sus implicaciones poéticas, su sentido de tragedia y finalidad. Pero hoy en día la Entropía parece haberse convertido en una reliquia polvorienta en el museo de las ideas, sólo de interés para nosotros, los sobrevivientes de la Era de la Computadora, ya que sirvió de base para la teoría de la información. Sin embargo, debemos tener en cuenta que sin la Entropía no habría Einstein ni física cuántica.

Hace una pausa para evaluar el efecto de sus palabras. Es un grupo pequeño; sólo cinco de sus más cercanos del Ejecutivo, Marketing y Creativo. Él ojea el informe de Ernándana sobre su escritorio y trata por vigésima vez ese día de memorizar sus nombres. Nanfer Rédaz y Ernán Fernez de la Junta Ejecutiva; Ander Anrez y Arnén Zédane son de Marketing y Promociones; y por último, pero no menos importante, Refna Árdezen, Jefe Consultor Creativo.

—La verdad de la Entropía, mis queridos colegas, es de una sencillez asombrosa: La energía fluye desde lugares de alta concentración a lugares de menor concentración. Las cosas siempre tratan de volver al equilibrio, hasta disiparse en un estado de reposo a partir del cual no se puede generar más actividad. Este simple principio está detrás de absolutamente todo lo que sucede en el universo.

Por supuesto, la idea de coleccionar entropía es una contradicción de términos. Los procesos entrópicos son evanescentes y abarcan todos los fenómenos del universo. Fernán lo sabe bien y es por eso que se contenta con acumular memorabilia científica. Además, el acto mismo de coleccionar es entrópico, ya que reconoce que el pasado fue más valioso y más rico en posibilidades creativas. A través de los años Fernán ha acumulado una impresionante colección de manuscritos originales y primeras ediciones de Helmholz, Carnot, Lord Kelvin y otros. Sus posesiones más preciadas son un garabato original de James Prescott Joule (un boceto de su famoso experimento que demuestra la equivalencia del calor con otras formas de energía) y una rara primera edición de *Sobre las diferentes formas de las ecuaciones fundamentales de la teoría mecánica del calor* de Rudolph Clausius, publicado en 1865 y conteniendo la definición matemática original de la entropía. El libro le ha costado una pequeña fortuna.

Fernán Fernández pasa mucho tiempo en su estudio últimamente, mirando ecuaciones que apenas puede descifrar y esperando una epifanía. La idea le ha perseguido desde que se encontró por primera vez con las leyes de la termodinámica en la universidad; es lo que mejor recuerda de su fallido intento de convertirse en un científico. Renán a menudo trae artículos de sus viajes al extranjero para la colección de su padre, y Fernanda se queja de que Renán sólo está consintiendo a su padre como a un niño. Como consultor independiente de publicidad, el trabajo de Renán está muy demandado en todo el mundo, y su padre está orgulloso de él; Fernán sólo desea que este sentido de orgullo sea correspondido.

—La entropía es sexy porque trata sobre el deseo y el destino, el orgullo humano desmedido y la traición final de la vida. Así que el objetivo de mi campaña es celebrar la belleza efímera del consumo; decirles a nuestros clientes en todo el mundo que está bien comprarse esa corbata, llevarse ese ramo de flores para la mujer, pagar el depósito en un coche nuevo. Tenemos que aprovechar la naturaleza preciosa y transitoria de la vida.

Por supuesto Fernanda no entiende; ella también trabaja en publicidad, como creativa para Ernez & Fren... lo que significa que el matrimonio compite tanto personal como profesionalmente. Los publicistas no tienen tiempo para especulaciones metafísicas; lo único que les importa es cuál marca de cerveza se beberá el próximo verano y cómo convertir una vida de esclavitud a una hipoteca inmobiliaria en un producto irresistible. Ayer, por ejemplo, Fernán pasó toda la tarde en una reunión para decidir qué color de traje de baño iría mejor con el ZZ Zern Motors de esta temporada. Las muestras promocionales llegaron en dos colores, verde mostaza y gris océano; por lo que Fernán puede recordar, el año pasado también les mandaron las muestras en estos mismos colores. Las especificaciones técnicas hacen que el trabajo sea predecible: elegante convertible deportivo dirigido a la creciente banda demográfica A6 (70.000 anuales, en pareja, pero muy ocupados para tener hijos, gimnasio cuatro veces por semana, cenar afuera tres veces por semana, vota Azul). Después de la acostumbrada discusión con los contadores, el equipo optó por el enfoque estándar: lánguida y voluptuosa supermodelo en bikini diminuta (verde mostaza o gris océano), gafas de sol, martini en una mano, reclinada sobre el capó del ZZZ (verde mostaza o gris océano) en un desierto, playa o ubicación simbólicamente equivalente. Luego vino una discusión prolongada antes de que se acordara que el color sería gris océano tanto para el automóvil como para la chica.

Fernán maneja la audiencia como un profesional (tres décadas de práctica que se siente como si hubiesen sido nueve vidas) pero las señales son poco prometedoras. Eso está bien; es parte del suspenso deliberado. ¡Que disfruten de su falso sentido de confianza! Que se aburran incluso, justo a tiempo para el truco del café.

Fernán se acerca a su escritorio, toma la taza de café negro y humeante, y la jarra de leche. Esta acción inesperada tiene el efecto deseado de desorientar a su audiencia; por el rabillo del ojo Fernán vislumbra una cabeza enderezándose, una lapicera alzándose, un movimiento borroso al fondo de la sala.

—A medida que voy vertiendo la leche fría, podemos ver cómo la Entropía se dispone a trabajar, garantizando la temperatura homogénea de mi bebida. Cada gota es un paso pequeño e irreversible hacia la Estasis final del todo, la Muerte Térmica del Universo.

Pausa calculada para disfrutar de un sorbo del café... que ya está frío como una piedra, pero Fernán disimula la mueca.

—La dinámica del calor y de la gravedad, la turbulencia de las nubes, los movimientos del viento. La pelota de fútbol de un niño rodando por un sendero en pendiente, la dispersión del humo en el aire, la tierna frescura que desciende en las mejillas en las noches de primavera. La segunda ley explica por qué gravitamos hacia caminos de menor resistencia, por qué nos enamoramos, por qué nos comprometemos con entusiasmo en las actividades más carentes de sentido en busca del equilibrio psíquico, la estasis, la muerte en vida.

Esta mañana, en la radio.... ¿dónde ha escuchado esa canción antes? ¿Y por qué pensar en esto ahora, en medio de su discurso de venta? Cambia de estaciones al azar.... pero siempre es la misma canción, o *casi* la misma canción. ¿Es así todas las mañanas y él sólo acaba de notarlo? De hecho, él puede oír ahora... esperen, es un tono de llamada. La mujer a la derecha: Arnén o Refna. Ella está acomodando en su rostro una expresión vacua, está tratando de parecer inocente, como alguien que se acaba de tirar un pedo. Pero Fernán puede ver que Arnén o Refna se está muriendo por contestar la llamada.

—La segunda ley indica que el universo tiende hacia el caos y la desorganización; es decir, la entropía aumenta a medida que la energía se disipa. Sin embargo, en la imaginación popular este caos se concibe como frenético, un desorden dinámico, un lugar lleno de actividad y creatividad. La gente piensa el caos en términos románticos, pero la comprensión científica de la Entropía sugiere precisamente lo contrario.

A Fernán le gusta pensar que está haciendo esto para darle una salida creativa a su obsesión. Por eso ha decidido hacerse cargo de la campaña interna: un proyecto "conceptual" que la compañía organiza anualmente con el objetivo de darse publicidad a sí misma. La campaña siempre se centra en un tema abstracto, promocionando los valores con los cuales Zanderz y Neo le gustaría asociarse en la mente de sus clientes. Entropía, Fernán piensa, es un buen valor. Está relacionado con la vida, la energía, la verdad...

—El caos, sin embargo, no es actividad sino reposo. Es igualdad, no diferencia. El aumento de la Entropía significa el aplanamiento de las diferencias y un reparto equilibrado de la energía. Las cosas dejan de moverse, de esforzarse, y comienzan a parecerse entre sí. El caos no es un estado productivo sino una extensión monótona e inerte, como una enorme taza de café frío.

Mientras que sus colegas digieren el discurso de venta, su asistente Ernándana distribuye cafés, pasteles y cigarros. Fernán odia esta parte.

Recuerda vagamente que solía tener una buena memoria para los nombres y las caras. Refna, Arnén y Ernándana, la secretaria de Fernán, son difíciles de diferenciar con sus peinados andróginos y vestidos gris océano. Nanfer, él cree, es la de la derecha, con el traje verde mostaza, corte italiano. Ernán y Ander siempre han favorecido el gris océano, pero Fernán no puede decir quién es quién. Tal vez debería apuntar con el dedo.

Fernán Fernández escucha las reacciones de sus colegas. Sonrisas idénticas cuelgan de las comisuras de labios idénticos. Su mirada se pasea a través del paisaje urbano, la línea del horizonte gris llena de rascacielos corporativos. Zedner & Nonfer, Deaz & Ernef, Erfen & Dezna: las insignias de neón verde son la única forma de distinguir los edificios unos de los otros. Aunque él ha estado trabajando para Zanderz & Neo desde que tiene uso de la memoria, todavía le induce un mareo la vista de todo ese vidrio y acero gris, esa red intrincada de fusiones y alianzas corporativas que se extiende hasta donde alcanza la mirada. Al menos, se consuela, no ha perdido su capacidad de asombro. La mayoría de estas empresas son filiales de Zanderz y Neo o empresas en las que la compañía es un importante accionista. Pero nadie recuerda qué fue primero, quién se fusionó con quién... *como el comienzo entropía sólo el tiempo dirá.*

Parece que, mientras su mente vagaba por las alturas, la conversación entre sus colegas se ha convertido en una discusión acalorada.... sólo el tiempo... Ernán o Nanfer está levantando su voz, diciendo algo acerca de problemas con el presupuesto, los reajustes y recortes debido a la reciente adquisición de Fnoner & Zedern. Es una idea arriesgada... Los otros ahora asienten con la cabeza al unísono. El aire es denso y Fernán (¿o es Ernán?) tiene dificultad para respirar... en algún lugar de esas ecuaciones...

Podemos darle el visto bueno a la campaña, sí, pero tenemos que economizar. *Usted entiende, es un punto razonable, tenemos que repensar, hay que adaptarse al mundo competitivo de hoy....*

Refna o Arnén sugiere que deberían empezar por considerar qué color de traje de baño podría ir mejor con la Entropía: verde mostaza o gris océano.

Djinn americanos

La ciudad más antigua del mundo parece un lugar probable para encontrar fantasmas. El taxi se sumerge en el torbellino polvoriento y febril de tráfico, multitudes y llamadas distorsionadas a las plegarias del mediodía. Luego del déficit sensorial de un vuelo de cinco horas (apenas aliviado por épicas comedias musicales indias y los coqueteos con la azafata sueca) la ciudad me despierta con un golpe en la cara. Los aromas de tabaco de rosa, cloacas estancadas, y cordero picante se cuelan dentro del taxi. La luz tiene una cualidad peculiar en esta parte del mundo: se cristaliza en una niebla de arena fina y vapor, tornando al mundo en algo onírico y a la vez muy real.

Las afueras de Aljazhab conservan esa fealdad que se habría denominado moderna a finales de 1970, pero la verdadera belleza de la ciudad se revela gradualmente a medida que nos adentramos. El pueblo es un palimpsesto incongruente de materiales y estilos en el que el asfalto se mezcla con mosaico glaseado, el yeso con la piedra, el estuco con el plástico. Me siento desplazado, como si acabara de ser arrojado dentro de una elaborada reconstrucción de uno de mis recuerdos. Los carteles publicitarios parecen de otra época. Han pasado doce años desde la última vez que estuve aquí y el lugar sigue siendo como creo recordarlo.

Amorreos, hititas, acadios, fenicios, asirios, persas, griegos, romanos, árabes, cruzados, otomanos... Los Estados Unidos de América fue el último en una larga nómina de imperios infames que se han turnado para reinar sobre esta ciudad durante los últimos ocho mil años. Los franceses se apoderaron de ella brevemente a principios del siglo XX, antes de las revueltas sangrientas que condujeron a la creación del estado moderno de Qiram. En la cima de sus poderes, cada uno de estos imperios debió haber parecido invencible y eterno, pero mírenlos ahora: sus restos son apenas descifrables en las formas arquitectónicas erosionadas y dispersas. Estoy seguro de que con el tiempo los fantasmas de los estadounidenses se ahogarán también en el fragor de este inframundo superpoblado. Pero ¿pueden los muertos morir una segunda muerte?

Mi árabe está muy oxidado y Yasser, el conductor, rellena las brechas en nuestra conversación con jadeos de inglés. Deja que el taxi se conduzca solo mientras puntúa sus comentarios con sacudones vehementes de sus manos. Las paredes de la antigua ciudadela comienzan a asomarse, y la diferencia entre la carretera y la acera, siempre borrosa para empezar, desaparece por completo. El conductor maldice a un cúmulo de camionetas Suzuki atascadas en una intersección estrecha delante de nosotros; estas reliquias cómicas, ahora equipadas con motores a hidrógeno, son populares por ser baratas y lo suficientemente pequeñas como para negociar el laberinto de estrechas callejuelas en el casco antiguo. Vamos despacio ahora, a paso de humano, y los ojos de Yasser se asoman en el espejo retrovisor. Me pregunta qué estoy haciendo en Aljazhab y respondo lo más honestamente que puedo. Él asiente con la cabeza para sí mismo y por un momento parece que está sofocando una carcajada, pero enseguida se pone serio: "Vaya a la plaza principal, mi amigo. Vaya a la estación central de autobuses. Va a ver allí a los fantasmas de verdad. Niños quemados con armas químicas, abuelas sin piernas, todos mendigando y muriendo".

El volante sin manos se estremece mientras nos escabullimos a través de un hueco en el caos.

"Tengo curiosidad". Siento que tengo que probar algo, justificar mi presencia aquí. Tal vez tengo que demostrar que no soy estadounidense: esa sensación incómoda y familiar que acosa frecuentemente a los angloparlantes no-estadounidenses en el extranjero. "Soy un periodista, es mi profesión. Mire, yo estaba trabajando para Associated Press la última vez, reportando sobre los últimos días de la invasión. Yo fui uno de los pocos que la llamó así abiertamente, *invasión*. A pesar de que esto después lo editaban de la versión final".

Pero Yasser ha perdido todo interés; al llegar al hotel, le echa un vistazo a mi billete de veinte Sheikh contra la luz polvorienta del parabrisas y se lo mete en un bolsillo. Estoy recién salido del avión, después de todo, así que no pueden ser falsos. "Que Allah te conceda muchos hijos".

Demasiado tarde para eso, amigo.

Día 3, creo, y aquí estoy escribiendo desde el antiguo Sheraton.

Khaled no ha llegado todavía, dice que estará aquí mañana por la noche. Lo cual está bien por mí, ya que mi sensación de desfasaje no se me ha pasado del todo, todavía. ¿Qué estoy haciendo aquí?

Hoy he bordeado la fosa de la antigua ciudadela, pero me sentía demasiado ansioso como para entrar; parece que la profanación de la historia puede enfurecerme más que la muerte de cientos de miles de personas. El centro histórico ha sido cuidadosamente reconstruido y el nuevo ladrillo se funde impecablemente con los viejos materiales, pero yo sé que la mayor parte de lo que veo es falso. Advierto por todas partes el mismo deseo de arreglar las cosas y dejar atrás el pasado. Glorificar lo antiguo es una de las principales estrategias del presidente Ahmed al-Zhara para afrontar el futuro.

El Sheraton ha cambiado su nombre a Mehmunkhuneh Qasr, que significa "Castillo Hotel" en referencia a las ruinas medievales cercanas. Este fue mi hogar durante casi un año; ahora es apenas reconocible. Todo el lugar ha sido empapelado con filigranas árabes de color oro, turquesa y marrón. Fotos de Al-

Zhara cuelgan, prominentes, en la zona del vestíbulo y la recepción, y veo su sonriente retrato agitando la mano en todas partes. Un musulmán sunita, al igual que la mayoría de la población de Qiram, Al-Zhara logró cambiar su estatus de símbolo de la resistencia contra los EE.UU. para su propio beneficio político. Él ahora va por más; se ha construido a sí mismo como un faro de unidad pan-árabe en una región de democracias inestables, frágiles acuerdos de paz, constantes explosiones de guerra civil, y un mosaico de etnias y religiones aparentemente irreconciliables. El colapso de los EE.UU. y la casi-aniquilación de Israel no han beneficiado visiblemente al ciudadano árabe o persa promedio; pero es temprano todavía, por lo que todo el mundo dice. La familia de Al-Zhara es propietaria de una empresa de construcción a la que se le concedió la mayor parte de los contratos durante la reconstrucción de la posguerra. Mirando el lado positivo, Al-Zhara ha logrado destetar a la economía de su dependencia del petróleo y encaminarla hacia la producción de energías renovables. Un ejemplo para la región, se dice; aunque la verdad, por supuesto, es siempre más complicada de lo que se dice.

Los conserjes usan trajes oscuros y keffiyehs a cuadros, y tienen los modales aquiescentes y alegres de auxiliares de vuelo. Este es uno de los pocos lugares en la ciudad donde se puede obtener alcohol legalmente. Recuerdo la atmósfera turbada durante la época de la transición, el enjambre de periodistas y funcionarios, los estallidos repentinos de violencia. A veces, no muy a menudo hoy en día, el sonido de una explosión en mi cabeza me despierta en medio de la noche. Me toma una hora volver a dormir. Una vez los insurgentes lograron lanzar una bomba a través de una ventana en el primer piso, matando a cinco personas. No estoy seguro del origen de las explosiones en mi cabeza, si son de Assam, Cachemira o Trípoli. Había visto cadáveres antes, pero nunca los había visto retorciéndose como lo hicieron en Aljazhab. Como si quisieran levantarse y alejarse de allí.

En el inconsciente del mundo, el tiempo no cura nada.

Día 5.

Anoche Khaled llegó, finalmente, y se sentó a mirarme beber en el bar del hotel. Las cervezas son japonesas, el vino de Arabia Saudita; el whisky, irlandés. Khaled es un médico educado en Gran Bretaña, nacido en Siria y que ahora vive en Bagdad. Lo conocí hace quince años, después del bombardeo de Teherán, cuando él trabajaba para Al Jazeera. Oscuros giros del destino lo habían transformado en reportero: la mayor parte de su familia murió en Damasco y sintió que tenía la obligación de registrar las atrocidades estadounidenses. Empezó incrustado como un médico del ejército en el lado de la resistencia. Pasamos seis meses trabajando juntos aquí, en Aljazhab. Khaled ha aumentado de peso y se ha dejado crecer la barba, pero aparte de eso parece que el tiempo no ha pasado. Los lazos entre las personas se vuelven irrompibles en las circunstancias que nos tocaron vivir. Luego de una bienvenida larga y efusiva, Khaled me inundó con preguntas: los juicios de La Haya, el invierno polar, la escasez de agua, las secesiones en los, ya no tan unidos, EEUU. Pero yo le digo que no hay mucho más que saber que lo que se ve en las noticias. Además, la realidad es mucho más interesante cuando se tienen imágenes en una pantalla para acompañarla.

"El mundo entero es el tercer mundo ahora". Se ríe estrepitosamente como si él mismo hubiera inventado ese cliché. "Estás blogueando esto, ¿verdad? Lo he comprobado. No menciones que estoy gordo". Él ojea furtivamente las cicatrices en mi cara y yo levanto mi barbilla para mostrarle la última, en mi cuello. La inspecciona con una expresión profesional y niega con la cabeza. "Ustedes, la gente blanca, realmente eligieron los peores lugares para colonizar. Se deberían haber quedado en Europa. En serio".

"¿Y perdernos todo ese oro, bienes raíces baratos, y mujeres exóticas de dos cabezas? Lo haríamos todo de nuevo. De todos modos, funcionó bastante bien para ustedes. Ahora son ustedes, árabes gordos, los que están sentados en la cima de la cadena alimenticia. Otra vez."

Cuando la conversación comienza a desinflarse no nos queda más remedio que enfrentar el motivo de nuestra reunión. Los dos estamos un poco avergonzados al principio, aunque yo tengo la ventaja de estar medio borracho. Ponemos sobre la mesa todo lo que tenemos. Yo tengo mapas, principalmente; él tiene fotografías e informes. Comparamos los datos e inteligencia. Los primeros avistamientos fueron reportados hace seis años en Irak. Al principio, los iraquíes creyeron que los EEUU estaban llevando a cabo operaciones encubiertas en su país, lo cual es ridículo, por supuesto. Me han contado que los iraquíes incluso enviaron misiones de exploración. La comisión especial de la ONU y los sondeos aéreos produjeron nada más que un puñado de fotografías borrosas que pueden ser googleadas fácilmente y que podrían ser de cualquier cosa. A pesar de esto, los rumores de avistamientos se extendieron por Irán, Siria, Qiram y otros focos previos de la fallida invasión estadounidense. Estas figuras siniestras se han convertido en parte del folklore local, añadiendo a la tradición, ya de por sí abundante, de historias de fantasmas en estas partes. Al parecer, sólo se pueden ver en la oscuridad, durante las tormentas de arena o en la bruma pesada de las mañanas, y aparecen y desaparecen repentinamente, como espejismos. Se han visto explosiones silenciosas fulgurando en la noche. Algunas personas han jurado que, después de la puesta del sol, pueden escuchar los sonidos de disparos lejanos y de aviones de combate sobrevolando en los cielos. En algunas aldeas, la gente tiene miedo de salir luego de la puesta del sol o dejar a sus hijos jugar en las calles.

"Estas vienen directamente de la fuente". Khaled me muestra una foto de lo que parece ser una sombra humana avanzando a través de una tormenta de arena: la forma de un soldado coronado por el identificable Casco de Combate Avanzado. La imagen ha sido ampliada y está muy granulada. "Esta es una joya... ¿Cómo es que dicen ustedes, los australianos? Es una *doozy*, es *fair dinkum*, ésta". Hago un esfuerzo por hacer de cuenta que el comentario me resulta divertido. "No importa lo que hagamos, tenemos que permanecer lejos de la frontera. Los terroristas sionistas están activos a lo largo del borde con Jordania, Israel y el Líbano. Te puedo acompañar durante tres días. Luego tengo que ir a la boda de mi primo en

Damasco y vas a tener que arreglártelas por tu cuenta durante una semana. Se supone que tengo que volver a trabajar entonces, pero haré mi mejor esfuerzo para volver y ver cómo te está yendo".

"Gracias, aprecio mucho tu ayuda".

"Lo único que te pido es que no pongas mi nombre en los créditos".

"Esto es sólo una investigación preliminar. No dañará tu reputación".

"Te vendieron toda esa mierda de periodismo Nuevo Gonzo, nadie te va a creer. ¿Quién paga ahora, el History Channel?"

"Voy a conocer al comprador cuando tenga el producto".

Khaled está doblando nerviosamente la esquina de una de las fotografías; su expresión se oscurece. "No me cabe duda de que estos espejismos son el producto de la imaginación, pero ¿por qué toman esta forma, precisamente? Si todo esto es un modo de lidiar con el trauma colectivo, entonces los árabes debemos ser muy masoquistas".

Es posible que los informes tengan algo de asidero en la realidad. Durante la etapa final del colapso de los EE.UU., cuando los suministros fueron disminuyendo y la estructura de mando en Washington se derrumbaba, grupos de soldados formaron bandas delincuentes que saquearon pueblos y ciudades, violando y matando a quien se les cruzara en el camino. Estos episodios se han anexado al final de la larga lista de crímenes de guerra cometidos durante ese período, crímenes por los cuales docenas de funcionarios de gobierno estadounidenses, entre ellos dos ex presidentes, están siendo juzgados en La Haya. Pongo el dedo en un punto en el mapa: Umm Jebel, una antigua base estadounidense en las rutas nómadas. Khaled se encoge de hombros. "¿Hay tiempo para una última ronda?", dice, señalando mi vaso vacío y leyendo mi mente.

Día 6: Umm Jebel.

Nos adentraremos en el desierto con la primera luz del alba, poco antes de las primeras plegarias del día. Con su cabina aclimatada y silencioso motor a hidrógeno, la 4WD de Khaled es como una biosfera sobre ruedas. Una vez que cortamos a través de las colinas al noroeste de Aljazhab y tomamos la H1, entramos en un vacío inquietante, refulgente y completamente plano. Le toma a mi mente un largo esfuerzo entrar en sintonía con el paisaje inmóvil y apreciar lo que realmente acontece aquí. Para la mentalidad de un occidental, el desierto es la nada más impiadosa; pero para las personas que viven aquí, este lugar está repleto de información. Cada duna de arena es un signo y cada charco de barro una historia. Es obvio para mí por qué las Religiones del Libro son las religiones del desierto: cultos de un padre iracundo que se ha retirado de lo visible y abandonado a sus hijos a un deambular solitario en un mundo sin fin. Tengo cuidado de no compartir estos pensamientos con Khaled, a pesar de que probablemente sólo se reiría de mi ignorancia.

Esta carretera ha visto mucha acción, años de sabotajes rutinarios, secuestros y atentados; sin embargo, ahora se ve fresca y perfectamente lisa, otra indicación de que el Qiram de posguerra es un buen negocio si sabes dónde encontrarlo. Pronto estamos pasando por una serie de oasis; nos lleva cinco minutos conducir a través del más grande. Estos parches de vegetación brillante, salpicados de palmeras, están surgiendo por todas partes; zonas fértiles que absorben la humedad, la contienen en una burbuja micro-climática, y poco a poco se extienden por el desierto. Khaled me dice que la época de lluvias acaba de comenzar. Abro la ventana y el golpe de calor húmedo, casi tropical, me toma por sorpresa. En otros veinte años este lugar será irreconocible.

A continuación, pasamos cerca de un parque eólico; uno de los más grandes de la región, me dice Khaled. Está situado a cierta distancia de la carretera y es accesible a través de una serie de caminos de tierra sin señalizar. Sólo podemos distinguir las turbinas altas y serenas brotando del paisaje como una nueva raza de flores monstruosas. Después de dos horas de viaje, tomo el mando del volante. Los dos somos conscientes de la creciente inquietud a nuestro alrededor. El desierto es, después de todo, un lugar de voces y visiones que hace que todas esas historias de fantasmas parezcan más plausibles. A medida que el sol asciende rápidamente, atravesamos capas cada vez más densas de calor. Un espejo de aire abrasador se instala en el punto de fuga del horizonte, al parecer alejándose de nosotros. Me he dado cuenta de otro cambio desde la última vez que estuve aquí: hay arco iris formándose en el aire húmedo, como espejismos flotantes.

Llegamos a Umm Jebel a las diez. Esto ha sido una vez un sitio arqueológico que data del siglo VI, pero los estadounidenses destruyeron lo poco que quedaba de él. La Base de Operaciones Carson construida en su lugar albergaba la 1a División de Infantería y el 3er Regimiento de Caballería Acorazada. Fue un punto de reabastecimiento estratégico entre Aljazhab y la frontera con Siria, y el centro de operaciones de seguridad en la carretera H1. La mayoría de las bases militares de los invasores derrotados han sido saqueadas hasta el último poste, y lo que queda está siendo desmantelado como parte de la campaña de renovación histórica de Al-Zhara. Sin embargo, algunos emplazamientos militares han sido pasados por alto o adaptados para otros fines.

Siguiendo las instrucciones del GPS, giramos bruscamente en la arena hacia la derecha y conducimos en visibilidad cero, guiados por pura fe. Khaled me da un golpecito en el brazo y me saca de un trance; tomo esto como una señal para detener el vehículo. Efectivamente, el GPS muestra a la 4WD parada sobre el icono de destino.

A medida que la arena se asienta, comprobamos que estamos al pie de un terraplén artificial de poca profundidad. Hay movimiento por delante: la gente nos saluda y corre hacia el coche. Descendemos. Los niños llegan primero, vestidos con caftanes de colores llamativos. Sus caras curiosas pululan a nuestro alrededor. Tantean los dibujos de los neumáticos con sus dedos y dan palmaditas de aprobación al gris pulido del chasis.

Subimos el terraplén. Nos hallamos en una antigua pista de aterrizaje totalmente cubierta de arena y rocas. Bloques de hormigón marcan el viejo perímetro, pero la valla no está más. El campo Carson ha sido despojado hasta los cimientos. Cercos, puertas, contenedores, postes, ladrillos… todo lo que podía transportarse ha desaparecido. Nos acercamos a las construcciones de los nómadas, ingeniosamente adaptadas a las estructuras abandonadas, pero todavía robustas. Los esqueletos hundidos y oxidados de dos vehículos blindados flanquean la entrada principal. Los niños están hablando todos a la vez, un dialecto que no entiendo, y nos sonríen sin cesar. Khaled trata de ahuyentarlos con movimientos de sus brazos, pero ellos se acercan aún más; por alguna razón, les resultamos muy divertidos. Un anciano se acerca, vestido con un caftán y kufiyya blancos e impecables, y acarreando un largo bastón. Se lo ve extraordinariamente ágil para su edad e infiero que es el jeque de la tribu. Ofrece una sonrisa amplia de tres dientes y los brazos ligeramente abiertos en señal de bienvenida.

Somos guiados dentro del asentamiento, a través de perros ladrando, más niños curiosos, grupos de mujeres con pañuelos bordados y tatuajes índigo, una hoguera de tamariscos y sauce, cabras errantes, el olor de cardamomo y café tostándose. Un grupo se va apelmazando progresivamente a nuestro alrededor. Las introducciones y buenos deseos son exhaustivos. Están hablando árabe ahora, pero dejo que Khaled lleve la conversación. Estoy sorprendido por la forma en que los nómadas se han aprovechado de las pocas estructuras restantes. Las paredes de tela cuelgan entre las vigas de acero y los suelos de hormigón están cubiertos con alfombras de pelo de cabra. Habiendo sistematizado el antiguo arte de la ocupación, los estadounidenses erigían sus bases de forma rápida a partir de piezas prefabricadas, y podían levantar fortificaciones como esta en cuestión de días. El antiguo centro de operaciones se ha convertido en un establo para caballos y burros. También veo dos camellos, una señal de que al clan le está yendo bien. La mayoría de las viviendas se han establecido dentro de dos hangares medianos que se mantienen frescos durante el día y cálidos por la noche. Somos invitados a sentarnos bajo un toldo, sobre un piso alfombrado. Cinco de los hombres se unen a nosotros; luego el jeque, quien sigue la conversación en silencio.

Con nuestro primer café y dátiles, Khaled aborda el tema de nuestra visita y la conversación se calienta inmediatamente. El término *djinn infieles* surge repetidamente. Y más personas se unen a nosotros, hablando uno sobre el otro, los ojos brillantes y las manos agitándose enérgicamente alrededor nuestro.

Han estado aquí seis semanas. Hay buenos pastos alrededor y los edificios proporcionan refugio de la lluvia, el viento y las tormentas. Pero cuando el sol se esconde, las luces y sonidos extraños quiebran la calma de la noche: el resplandor de armas de fuego y explosiones, el sonido de helicópteros distantes, a veces la exhalación sibilante de drones sobrevolando sus cabezas. Los animales están aterrados, a veces se dispersan y se pierden. "Es como si ellos pudieran sentir el peligro alrededor", dice uno de los hombres. "Ellos no nos hacen caso y ven cosas que nosotros no podemos ver". Algunas de las cabras incluso se niegan a dar leche.

No es la primera vez que han encontrado a los *djinn*. Al parecer, todo el mundo en el desierto está acostumbrado a ellos; pero parecen ser mucho más numerosos por aquí. Ahora están esperando a que finalice la temporada de lluvias para irse a otro lado.

Les pregunto si alguno de ellos ha visto uno de estos demonios de cerca. "¡Amr!", exclama el Sheikh. Todos están de acuerdo. *¡Amr! ¡Amr!,* claman. Amr es prontamente arrastrado desde las tiendas. Es un joven de no más de dieciocho años. Me mira por un momento, sin comprender, y los hombres lo instan a hablar.

Ocurrió poco después de la primera plegaria del día. Él estaba ordeñando las cabras de su padre cuando los animales de repente empezaron a gemir y a inquietarse. Amr decidió avisarle a su padre, y al girar para volver a su tienda, se tropezó con la aparición. Amr era muy joven cuando los americanos vinieron a invadir su país, pero casi todo el mundo en estas partes puede reconocer la imagen icónica de los soldados estadounidenses. Era uno de ellos, él está seguro de ello. El soldado era alto y su cara era muy blanca y brillaba de sudor. Tenía una barba espesa, y su uniforme estaba roto y sucio. La aparición mantenía su rifle en una posición de reposo, apuntando hacia abajo y a la izquierda, y abrazando la culata contra él como si fuera su última lata de comida.

Lo estaba *mirando* a Amr; el joven hace hincapié en esta palabra porque los ojos del soldado eran difíciles de ver. Eran como agujeros por los que se filtraba la luz de un atardecer rojo y eterno. Amr podía ver a través del cuerpo del *djinn*, el cual parecía estar hecho de polvo, como una de esas formas que uno cree ver en una nube. Aterrorizado, el joven se desplomó sobre sus rodillas. Amr estaba seguro de que iba a morir, incluso se le ocurrió que ya estaba muerto. Entonces, cuando presionó su frente contra el suelo, con los ojos fuertemente cerrados, sintió algo frío que rozaba su cuerpo, que pasaba a través de él como un escalofrío. El rezó intensamente, rezó por mucho tiempo y, cuando levantó la vista, el soldado había desaparecido y su padre estaba en su lugar, listo para reprenderlo. Amr pasó los siguientes tres días escondido en su tienda.

Durante el almuerzo (un delicioso *kapsa* de cordero) otras personas ofrecen su testimonio. Zulema, una de las ancianas, dice que a los infieles se les ha negado el más allá, y que han sido condenados a sufrir en sus almas propias el dolor que han infligido a la población árabe. Algunos de estos hombres han luchado en la resistencia y deben estar orgullosos de su victoria sobre el otrora supremo imperio estadounidense. Durante esas últimas, interminables semanas en las que las tropas de los EE.UU. emprendieron su rápida y caótica retirada, los insurgentes llevaron la lucha a las calles. Escasos de alimentos, municiones y moral, los soldados invasores recorrieron el desierto y las carreteras, sitiando y saqueando a los pueblos que encontraban en su camino mientras que el gobierno de EE.UU. y los medios de comunicación adjudicaban la responsabilidad por las atrocidades a terroristas imaginarios. Muchos soldados sucumbieron a la deshidratación y el delirio, mientras que el resto fueron liquidados uno por uno, algunos de ellos por estas mismas manos que gesticulan en frente de mí.

Después del almuerzo, dejo a Khaled con el clan y recorro el asentamiento, tratando de mantenerme en la sombra. Al escanear la distancia, una parte de mí espera avistar a uno de los muertos americanos. Pero es demasiado temprano y el viento está tranquilo. El desierto permanece, intemporal, en el aire abrasador, impermeable a cualquier cosa humana.

Advierto que un grupo de niños me está siguiendo y reconozco algunas de las caras de nuestro comité de bienvenida.

"¿Eres americano?", uno de los niños me pregunta en inglés. Las caras expectantes se reúnen alrededor de mí.

"No", le contesto lo más enfáticamente posible.

"Tú estás buscando a los *djinn*", dice quien parece ser el mayor. Los niños parecen contentos en vez de asustados por la noción de estos fantasmas, si es que eso es lo que son. Me llevan lejos, al corazón de las ruinas, donde un grupo de perros demacrados (que más bien parecen lobos) está descansando en la sombra. Los niños les gritan y los perros, obedientes, se retiran. Los niños se detienen frente a un montón de escombros y forman un círculo alrededor de él. No veo más que ruinas: pedazos de ladrillo, hormigón resquebrajado, jirones de fibra de vidrio y de plástico, tubos oxidados y arena. Arena por todas partes. Excepto que hay un pedazo de pared de ladrillo todavía de pie en medio de la destrucción y detrás de ésta los niños han estado acumulando su tesoro. Bajo una cortina de lona con los bordes quemados, decenas de cascos han sido cuidadosamente dispuestos en una pila. Los niños señalan los nombres y eslóganes garabateados a los costados: nombres comunes como Jones y Andrews; lemas trillados y subidos de tono sobre la victoria, el sexo, la sangre, la muerte, y los árabes de mierda. Me muestran el resto de la colección: un puñado de etiquetas de nombre, un par de binoculares rotos, latas de Coca-Cola acribilladas, plumas, botas, relojes de pulsera, cantimploras. Tres de los niños más pequeños montan guardia a cierta distancia, y comprendo entonces que sus padres no saben acerca de esto. Observan mi reacción con atención, una mezcla de consternación y fascinación. Yo les prometo que no les diré nada a los adultos. Aunque la mayoría de estos niños son demasiado jóvenes para recordar, seguro han perdido madres, abuelos, tíos u otros parientes durante la invasión. Para ellos, los soldados estadounidenses deben ser criaturas míticas que alguna vez tuvieron poder sobre la vida y la muerte. Uno de ellos, de unos diez años de edad, se pone uno de los cascos y tuerce los labios. "¡Atención!", grita en un inglés tosco. "¡Matar! ¡Matar!" Los otros chicos se retuercen de la risa.

Luego, un silencio reverencial desciende sobre el grupo cuando, hurgando en el montón de restos, uno de los niños mayores desvela las piezas más valiosas de la colección: una carabina M4 polvorienta y un rifle SAM-R con el cañón torcido. Me doy cuenta con alivio que las armas no tienen cartuchos; tal vez hay balas en la cámara, pero dudo de que los mecanismos funcionen. El niño levanta la carabina con cuidado y me la muestra; evidentemente es el único autorizado para tocarla. Los niños no se están riendo ahora. Se quedan mirando las armas con el asombro reservado para los objetos religiosos.

Las sombras se alargan a nuestro alrededor. Mientras caminamos de regreso al campamento, los niños recuperan su antigua alegría, se ríen y se abalanzan el uno sobre el otro. Entro en conversación con el mayor, el que me ha mostrado las armas. Cuando llegamos a los hangares, me pregunta si los americanos van a volver. Trato de asegurarle que los soldados se han ido para siempre, y de que esos cuentos sobre fantasmas que vagan por el desierto son sólo eso: cuentos. "*Insha'Allah*, ya no pueden dañar a nadie". Él parece feliz de escuchar esto y corre a unirse a los otros niños.

Día 10.

Khaled se ha ido y me siento muy solo. He estado trabajando en el material que hemos recopilado, que no añade mucho a lo que ya teníamos. La historia de Amr es sin duda lo más cerca que nos hemos arrimado a los *djinn* americanos. Le creí, creí en esa mirada espantada; sin embargo, esto por sí solo no hará que la historia sea más creíble para mi público. He pasado la mayor parte de los últimos dos días rebotando dentro de la Web: fantasmas, ovnis, lo inexplicable, lo que sea. Estoy llegando a ninguna parte y, peor aún, lo sé.

Cuando se esconde el sol y la temperatura se hace más soportable, deambulo por los zocos de Aljazhab en la vana esperanza de encontrar algo de inspiración. Los zocos son un laberinto de calles adoquinadas protegidas por altos y magníficos arcos de piedra. Muchas de las calles son como túneles donde hay que esquivar constantemente a los turistas, burros, furgonetas y vendedores ambulantes africanos. Hay verduras, delicias indescriptibles, animales descuartizados, telas, especias, baratijas y todos los tipos imaginables de *narjileh*. Me pierdo en la hipnótica complejidad fractal de los patrones en la cristalería, los textiles, cobre y platería. Me siento en los cafés a jugar al ajedrez con la gente del lugar. Me ganan todo el tiempo.

En una de las callejuelas que conducen fuera de los mercados me encuentro con una estatua de un rey hitita, retratado montando un león, con la mirada fija en un horizonte lejano que debe estar todavía allí, en alguna parte. Sus ojos son grandes y almendrados, su barba cuadrada y rizada. Si este rey lejano estuviera vivo ahora, no creo que el mundo moderno le pareciera extraño. En las callejuelas sucias de los zocos, las paredes y las vigas de madera están cubiertas con las caras de los mártires: niños, mujeres, hombres. Todos ellos tienen nombres, cientos de nombres sin nombre. Incluso me he encontrado con carteles de Osama bin Laden aleteando en la brisa. Me pregunto quién recuerda y si importa. Me pregunto si el olvido y la amnesia histórica no son, al fin y al cabo, la mejor solución. Supongo que, si mi historia no va a ninguna parte, puedo inventar alguna alternativa. Tal vez pueda hacer un artículo sobre el nacionalismo neo-panárabe, o el Qiram de posguerra, o el Partido Al-Qaeda. Tal vez podría entrevistar al mismo Al-Zhara.

Mi siguiente parada es Jezzir-el-Awr, el último pueblo antes de la frontera con Siria. Me da la impresión de que aquí todo el mundo acepta la realidad de los djinn infieles sin la más mínima sorpresa o perturbación. Tiene perfecto sentido para ellos, y ya existe un lugar para estas cosas en su cosmología. Estoy empezando a envidiar su certeza, su creencia en un universo justo y con sentido.

Día 11.

Jezzir-el-Awr se encuentra en la orilla oriental de Nahr Al-Furat. Es un antiguo asentamiento agrícola que de pronto se hizo rico cuando se encontró petróleo en la zona a mediados de la década de 1980. Muchos beduinos y campesinos de la Gezira pasan a través de la ciudad. Durante la invasión de Estados Unidos, las tropas tomaron rápidamente las instalaciones y se apropiaron de la producción. Se construyó una refinería que producía el combustible listo para alimentar a los aviones, drones y vehículos. Fue el primer lugar que los insurgentes recuperaron en los primeros días del colapso, y fue un milagro que el lugar no haya volado en mil pedazos. Los estadounidenses construyeron una base militar y un barrio completamente nuevo, tan grande como el casco histórico mismo, para alojar a contratistas, funcionarios y trabajadores. En un momento había tres agentes de seguridad por cada operador civil, además de una división de infantería dedicada a las operaciones de seguridad. El barrio era una visión surrealista, una especie de suburbio de clase media blanca en el medio del desierto. Ahora el barrio ha sido adaptado a los tiempos que corren, pero las construcciones siguen más o menos intactas, visibles por debajo de las capas de kitsch orientalista: vallas arabescas de hierro forjado, jardines persas y floridas minaretes. Las enormes Hummers en los caminos de entrada, supongo, se han mantenido igual; menos el petróleo, por supuesto. Después de la derrota, el centro comercial fue derribado y sustituido por una mezquita impresionante, rodeada por un mar de asfalto cinco grados más cálida que el área circundante. Bienvenidos a la revolución cultural de Al-Zhara.

Mi habitación de hotel ofrece una vista a un entramado de tejados polvorientos. Puedo ver el zoco en la media distancia y, más allá, los bancos de granito que contienen el río. La vegetación tropical cubre los bancos, y se extiende en los espacios vacíos de la ciudad y más allá. Me pregunto cuánto tiempo pasará antes de que alguna criatura mesopotámica primigenia se arrastre fuera de la nueva selva.

Ahora estoy sentado en un café cerca del puente peatonal colgante, bebiendo Shay y esperando para sumergirme en el largo atardecer, tan pronto como termine de escribir. Por una vez, puedo engañarme a mí mismo de que estoy de vacaciones. Mañana, la plataforma petrolífera. Les daré a estos fantasmas una última oportunidad. Juro que será la última.

Día 12.

Bueno, esa fue la última oportunidad. Estoy volando de regreso a Berlín en dos días.

En los viejos tiempos, para esta etapa ya habría tenido un tacho de basura lleno de borradores sin terminar y comienzos abortados, furiosamente hechos un bollo y apretujados en el cesto como si estuviera tratando de ahogar a un enemigo en un balde de agua. Ahora, en cambio, tengo una carpeta virtual en algún no-lugar en un servidor remoto, conteniendo todas las vergonzosas copias de seguridad que un día tendré el coraje de borrar. Llámenme viejo, pasado de moda, lo que sea, pero echo de menos los días en que las cosas eran cosas. La sensación es la misma, sin embargo: el vacío deprimente de una historia que va a ninguna parte. Por suerte me encontré con un bonito bar subterráneo, ideado principalmente para extranjeros, en el que las leyes del alcohol están relajadas o completamente pasadas por alto. He estado bebiendo mucho, todas las noches, y entablando conversaciones con los jóvenes viajeros. Por las mañanas veo interminables telenovelas egipcias en la sala común del hostel, bebo café turco y contemplo la procesión de israelíes, checos, canadienses, africanos del norte, indios, chinos y estadounidenses de Sur y del Norte. Son un nuevo tipo de mochilero, desilusionado y empobrecido. Los veo ensimismados y sin rumbo. Sin embargo, en general, la mayoría de ellos parecen en paz. La paz que viene de no tener expectativas, supongo.

Ayer por la tarde finalmente fui a la plataforma. Parece el patio de juegos abandonado de un niño gigante, sembrado de tanques de agua colapsados, estructuras hundidas, vallas y tubos de perforación tirados por todas partes. Todo está cubierto de una gruesa capa de arena. Las enredaderas de color verde oscuro se han colado a través de todos los espacios disponibles. Las torres de perforación se inclinan precariamente, y los carretes de cable y sistemas de elevación cuelgan de las vigas dobladas. Las bombas de lodo y casas de control están casi completamente sumergidas en hierbajos y tierra. Los martillos de las cuatro bombas se hallan en la cima de su acción, haciendo un gesto para siempre inacabado y que me parece vagamente amenazante. Un quinto martillo se ha derrumbado, aplastando a una fila de motores Diesel.

Nada queda de la base militar adyacente; hierbajos y matorrales bordean los cuadrados y rectángulos de tierra donde se hallaban los edificios. Ha llovido durante tres días sin interrupción. Me quedé en el coche, observando las estructuras inmóviles, esperando a que pase algo, a que aparezca alguien o algo. Los largos crepúsculos aquí me recuerdan a los cielos de Australia durante el verano de la Muerte, la temporada de incendios forestales que llevó al país al borde del colapso político y social. Es difícil creer que han pasado casi dos décadas desde que sucedió eso. Ese fue mi último verano en mi tierra natal. Humo y cenizas cubrieron el cielo, moldeando la luz en vetas de color rosa y blanco. Era el cielo de otro mundo. No he pensado en esto desde hace tiempo. El desierto juega con tu cabeza. Son ahora las dos de la mañana y la oscura sensación de nostalgia sigue siendo tan intensa como siempre. En cualquier caso, la lluvia me dio una bienvenida excusa para quedarme en el coche. No tenía miedo a los fantasmas, sino de algo peor, no estoy seguro de lo que era. La mejor manera en que puedo describirlo es que tenía miedo del vacío, de la posibilidad de que no haya nada allí afuera. Nada en absoluto.

Día 14.

Estoy escribiendo esto de manera rápida, con los demonios mordiéndome los talones, no metafóricamente. Empecé a escribir lo que sigue en el aeropuerto de Dubai. Terminé el primer borrador durante una espera de cinco horas por mi vuelo retrasado (cenizas, tormentas solares, lo de siempre), hundido en el sofá en la sala VIP de Lufthansa, incapaz de moverme y tratando de darle sentido a lo que había sucedido. Me veía desde arriba, desconectado. Sólo ahora estoy empezando a volver a bajar, a estar de nuevo en mi cuerpo y en mis sentidos. Las cosas en mi apartamento me inquietan; la extrañeza de todo lo que me rodea de a poco se está convirtiendo en una especie de familiaridad espuria, como si alguien hubiera reemplazado mis cosas con copias idénticas durante mi ausencia. Mi estómago está pagando el precio de todos los vodkas, cacahuetes y canapés. Pero necesito terminar de relatar los hechos antes de que se deslicen a través de las grietas en el fondo de mi mente. Antes de que pueda empezar a cuestionarme y creer que todo ha sido una especie de alucinación.

Jezzir-el-Awr, una de la mañana. Estoy bebiendo en el bar turístico como todas las noches. Es la noche tranquila de un miércoles y hay alrededor de veinte personas en el bar, la mayoría de ellos mochileros. El lugar está ambientado como un café turco, con almohadones y lámparas que esparcen una luz tenue y acogedora. Es pura fantasía kitsch, por supuesto, pero reconfortante. El golpeteo de la lluvia es todavía audible por debajo de la música. Estoy sentado en uno de los apartados en la parte trasera del lugar, apoyado sobre unos almohadones, mi tablet abandonada sobre la mesa.

Estoy empezando a quedarme dormido cuando escucho la voz.

"¡Me quedaré todo el tiempo que se me antoje, amigo!" El sonido es ensordecedor, pero a la vez distante, como si viniera desde el otro lado de una pared. Estoy sorprendido por el acento: un espeso acento sureño de Estados Unidos que no he escuchado en muchos años. Identifico el sonido incluso antes de descifrar las palabras.

En el área de servicio, una forma voluminosa se tambalea ebriamente y se aleja de la barra. Por lo que he podido ver, el hombre acarrea una mochila grande y equipo fotográfico de algún tipo. Los dos hombres que sirven detrás de la barra miran con hostilidad al recién llegado. Una palpable sensación de miedo se ha apoderado del lugar. Dos chicas jóvenes bronceadas del norte de Europa se están retirando con cuidado.

Tengo problemas para enfocar. En la penumbra, ensamblo los destellos sucesivos en una imagen más o menos estable: el pelo muy corto, piel blanca pastosa, una camiseta apretada y sin mangas, gafas oscuras redondas estilo Lennon. Es alto y musculoso, pero se lo ve algo desnutrido. Su carne es incolora, como si su cuerpo hubiera comenzado a alimentarse de su propio músculo. No puedo ver bien el equipo que lleva, pero sé lo que es. De repente, lo sé.

Trato de hacerme invisible. Pero entonces el hombre da la vuelta y escanea la pared del fondo, donde se hallan los apartados. Noto algo diferente, un cambio subliminal; me toma un minuto entero darme cuenta de que la lluvia se ha detenido. Las puertas del bar están abiertas, batiendo al ritmo de una tormenta de arena que se ha despertado súbita e inexplicablemente. La música electrónica árabe en los parlantes no es suficiente para disipar el silencio.

Sí, tengo miedo, estoy casi en un estado de shock. Mi sangre se ha detenido en su curso. Me doy cuenta demasiado tarde de que lo he estado mirando fijamente durante algún tiempo. Me ha visto y yo soy el único que queda en el fondo del bar. Aparto la mirada, pero puedo sentir sus ojos en mí.

Aprieto los dedos alrededor del vaso, tratando de evocar alguna respuesta de mis miembros entumecidos. A medida que se acerca, distingo los pantalones de camuflaje y una mochila rota. Un rifle de asalto con mira telescópica cuelga a su lado, apuntando al suelo; lo arrastra como si se hubiera olvidado de él. Las chapitas de identificación brillan en la luz. Veo las cicatrices, la descamación de la piel en su cara, sus borceguíes llenos de arena.

"Hola amigo, no te importa si me siento aquí, ¿verdad?"

No es una pregunta. El hombre se deja caer en el asiento frente al mío. Su cuerpo no hace ningún sonido. Sus lentes sucios reflejan la luz anaranjada de las lámparas, y sus ojos son visibles de a ratos, oscuros y cambiantes, de un color indeterminado. Evito mirar en ellos.

Hace mucho calor aquí. El soldado debería apestar a sudor rancio y mal aliento, pero solo puedo detectar un vago aroma, carne pudriéndose en una cocina distante.

"¿Puedo probar tu bebida, ¿qué es?", pregunta. "Parece la bebida de una dama". Echa un vistazo detrás de él. "No me quieren atender en la barra". Su voz parece venir de otra dirección, de algún lugar detrás de él y a su izquierda. Fijo la mirada en mi vaso. "Vamos amigo, que me están rechazando una bebida, siempre lo hacen por aquí. Sabandijas ingratas". Él pone algo sobre la mesa con un golpe exagerado. "Vamos, yo invito". No he visto la cara de Washington en tanto tiempo... los recuerdos repentinos son casi abrumadores. "Sólo tienes que ir al bar, jugar a que eres camarera". Extiende la mano para tomar mi copa medio vacía de vodka y arándano. Me repliego hacia atrás instintivamente. Sin embargo, cuando sus dedos toscos están a punto de tocar el vidrio, los retira con una expresión de dolor. "¿Eres siempre tan callado?"

"Me tomaste por sorpresa. Yo ... yo no sabía que ustedes estaban operando en la zona". Suena fina y angustiada, mi voz.

Él ladea la cabeza hacia la izquierda y sonríe, mostrando una hilera de dientes rectos y muy blancos. "Eso está mejor. Mucho mejor. Déjame presentarme. Mi nombre es George Francis Johnson. Cabo Johnson, 3ª División de Infantería, Infantería de Marina, Ejército de Estados Unidos".

Me oigo decir mi propio nombre en un susurro. No puedo creer lo que estoy haciendo. Dudo que haya captado mi nombre, pero asiente con la cabeza. "Claro", dice. A medida que mueve la cabeza, puedo ver destellos de luz opaca detrás de las gafas. Las gafas no están tintadas; sólo parecen oscuras por lo que está sucediendo detrás de ellas.

Mi periodista interior está asumiendo el control. *Él no me puede hacer daño*, me digo. *Él no me puede hacer daño*. "Debes extrañar tu hogar, Cabo Johnson. ¿De qué parte de los Estados Unidos?"

"De Georgia", responde inmediatamente. Hace una pausa, sopesando mi reacción. "Muy lejos de casa, sí".

"Oh, yo he estado en Georgia. Bonito lugar".

Él parece relajarse. Se hunde en la silla. Sin que yo le pregunte, me empieza a contar sobre su infancia y su familia. Él tiene dos hermanas, son enfermeras ahora, su padre trabajaba de agente inmobiliario. La crisis financiera mundial lo llevó a la depresión y luego al suicidio.

Sus palabras flotan a la deriva en el aire denso. Me doy cuenta de que se está hablando a sí mismo en un esfuerzo por afianzar los recuerdos que se desvanecen. Con cada palabra que pronuncia, él aparenta tornarse más real. Y cuando viene el silencio y no tiene más que recordar, comienza a alejarse una vez más. ¿Puede ser que él no sepa lo que está pasando? El tiempo se escurre y mi periodista interior debate consigo mismo. Esta es la oportunidad de mi vida, sí, pero ¿quién va a creerme?

"Cabo Johnson", le digo, "¿por qué estás aquí? Es decir, peleando en esta guerra". Una pregunta arriesgada que probablemente despertará emociones conflictivas. Puedo sentir su rabia, pero estoy seguro de que todo soldado se ha hecho la misma pregunta en innumerables ocasiones. Lo miro a los ojos, pero los cristales de las gafas están opacos ahora.

Luego de una breve pausa, su respuesta es mecánica, como un discurso ensayado. "Estamos luchando esta guerra contra los enemigos de la libertad, los que odian a los Estados Unidos y nos quieren matar y robarnos nuestra libertad".

"¿Y por qué los odian, Cabo? ¿Por qué crees que la gente odia a los Estados Unidos?"

Enseguida me arrepiento de haber hecho esa pregunta. Estoy sonando escéptico de sus motivos. Pero él lo toma bien y lo piensa un momento. "Es porque ... Ellos tienen que odiar a alguien, y América es el país más poderoso, más rico del mundo. Y miran alrededor, buscando a quién culpar y dicen: Bueno, vamos a ellos. Supongo."

Asiento con la cabeza cortésmente, como un terapeuta. Quiero salir de aquí. Hay un dolor repentino en mi pecho, lo conozco muy bien. Pero tengo que seguir hablando, mantenerlo ocupado. "Ha sido una guerra larga y cruenta, Cabo. ¿Cuándo vas a casa? ¿Tú sabes? Debes extrañar a tu familia".

"Pronto". Un soplo de aire acaricia mi rostro: el olor de arena caliente, desierto, de gasolina. Cuando se mete la mano en los bolsillos, trato de no sobresaltarme. Él saca un pedazo de papel y lo coloca suavemente en el medio de la mesa. Me inclino y lo tomo entre mis dedos. Es una fotografía. Una fotografía borrosa de una niña sonriente: dos trenzas rubias, un vestido rojo que le queda demasiado grande. Debe tener cinco años. "Su nombre es Sally. No la he visto..." Frunce el entrecejo. "En algunos años, supongo. Ella está en tercer grado ahora".

Más allá de él, el lugar se ha vaciado. Los dos camareros están de pie en su lugar, sus sombras nos miran. "¿Tu esposa te ha enviado la foto?"

No me ha oído. "El desierto es una perra dura, una puta cruel. Pero vamos a ganar esta guerra. Al igual que hemos ganado todas las otras guerra s". Se agita en su asiento y mira a su alrededor, desorientado. Parece haber perdido todo interés en mí. "Puede tomar más tiempo de lo previsto", le dice a la puerta.

Asiento con la cabeza y me quedo mirando mi vaso vacío. Mis ojos se llenan de lágrimas. Es la arena, me digo. Es la arena. "Buena suerte, soldado".

Cuando abro los ojos, él se ha ido. Afuera ha empezado a llover de nuevo. Sobre la mesa hay un rectángulo de polvo, en el lugar donde estaba la foto. En el asiento, unos puñados de desierto, goteando sobre el suelo como los contenidos de un reloj de arena.

Índice